倾一世温柔，暖一场相遇

瓯南 / 著

時代文藝出版社

图书在版编目（CIP）数据

倾一世温柔，暖一场相遇 / 瓯南 著．—长春：时代文艺出版社，2018.10

ISBN 978-7-5387-5521-3

Ⅰ. ①倾… Ⅱ. ①瓯… Ⅲ. ①故事—作品集—中国—当代 Ⅳ. ①I247.81

中国版本图书馆CIP数据核字（2017）第196340号

出 品 人　陈　琛
产品总监　郭力家
出品监制　刘　峰
产品经理　宋丹丹
责任编辑　付　娜
助理编辑　吕　天
装帧设计　MM末末美书
排版制作　李　楠

倾一世温柔，暖一场相遇

瓯南 著

出版发行 / 时代文艺出版社
地址 / 长春市泰来街1825号　时代文艺出版社　邮编 / 130011
总编办 / 0431-86012927　发行部 / 0431-86012957　北京开发部 / 010-63108163
官方微博 / weibo.com / tlapress　天猫旗舰店 / sdwycbsgf.tmall.com
印刷 / 北京嘉业印刷厂
开本 / 880mm × 1230mm　1 / 32　字数 / 164千字　印张 / 7.75
版次 / 2018年10月第1版　印次 / 2018年10月第1次印刷　定价 / 38.00元

献给我的家人

和那些迷惘的日子

目录

Contents

Chapter 1 你不说晚安，我就陪你一整个夜晚

Chapter 2 春暖花在开，我在等你来

Chapter 3 喜欢你，是我做过最美好的事

Chapter 4 感谢你陪我度过漫漫人生

后记

你不说晚安，
我就陪你一整个夜晚

重逢再多美丽，不如始终伴你／玩命追一个姑娘／素三鲜与秋刀鱼／风卷残云，为你而歌／给你的爱一直很安静

Chapter

1

重逢再多美丽，不如始终伴你

1

舍友星光是我见过最厚颜的人。

他曾高声宣布要放弃游戏《英雄联盟》，但没过三天，他又重新坐回电脑前玩了一夜。用他的话说，这是把失去的东西都补回来。

他也曾发誓要好好学习，天天向上；上课认真听讲，不逃课、按时写作业、多看书。但为了看一场雷霆和勇士的篮球赛，他还是在连续两个星期没逃课的情况下，再次逃了课。

最让人痛恨的是，他曾说绝不会接受异地恋，打死都不接受！他还信誓旦旦地说，除了我们学校的女生都不行！说这话时，他对异地恋充满了不屑与怀疑。

可到了大二，他又一次打了自己的脸。他恋爱了，不仅是异地，而且还很远。

他虽厚颜，却还没有到无耻的地步。

大二上学期星光的姐姐结婚，他请假回家参加婚礼，给我们带回来很多吃的、喝的、吸的（烟）。吃喝归大家，烟归寝室长林灏。但星光并没有和我们说，他还带来了个女朋友。

直到有天我用他的手机，无意间看到了几条暧昧的短信，他才和我交代他谈恋爱了。

我问他："你俩怎么认识的？"

星光："在我姐的婚礼上认识的。"

我："她是你姐的同学？"

星光："她是伴娘。"

我很惊讶，这也能行？

2

星光"勾搭"了姐姐的伴娘当女友的消息在我们寝室炸开了锅。寝室长林灏先用故作深沉的腔调说："这个，这个，这个……星光啊，你呀，要请咱寝室的吃个饭啊。你带的这些个吃的喝的只能算你姐的，你还得表示一下嘛。"

为了民主，我们进行了举手表决，六个人里边四人同意、一人反对、一人弃权。反对的自然是星光，弃权的哥们因为当时拉肚子急着去厕所，果断放弃了投票。

星光哭着说："好，去吃饭。"

一行人风风火火来到了火锅店。

饭间我们轮流对星光发问，问他是如何"勾搭"上伴娘的，问他伴娘的名字，问他有没有伴娘的照片，最后把他问得彻底投降。

我们终于知道，伴娘的名字叫攀攀。

星光大二，她大三，他俩是姐弟恋。

知道真相的林灏一时接受不了，猛灌了一瓶啤酒。

喝完啤酒，林灏感慨："咱寝室的光棍终于又少了一个。"

事后林灏才发现，少一个光棍对他并没有什么好处，他有些后悔当初说这句话了。

多一个人谈恋爱后，他原先占有的领土开始被侵犯了。

最初的时候，阳台只属于林灏一人。没事他就坐在阳台打电话。他一个人时，聊到深夜十二点也没人提醒他。但自从星光有了女朋友，他的时间就被侵占了。聊到往常的一半时，星光推门而入，伸出脑袋，学着岳云鹏说话："该让让了啊！"

林灏用余光瞥了他一眼，十分不乐意地说："再等会儿，五分钟。"

星光嘿嘿一笑，又把头缩了回去。

五分钟后，星光准时出现。林灏虽一脸的不乐意，可也不得不站起来挪窝。

林灏一脸的无可奈何，星光满面的乐乐呵呵。

林灏最后愤怒了，说：“你咋不上天呢？找你的兄弟姐妹去呗。”

3

星光喜欢看动作片，尤其是欧美的动作电影，几乎每一部他都看过。我呢，毕竟是暖男，喜欢看文艺的爱情片。于是，我俩共同的爱好就只剩下坐在一起看“爱情动作片”了。

原本我以为他会陪我一直看下去，可谈了恋爱的星光，有天突然对我说，从今往后他不会再看“爱情动作片”了。他说：“好的爱情，要从好的身体开始。‘爱情动作片’，太伤身。”

恋爱后的星光，喜欢上了两个城市之间的短期旅行。

周末双休，他去。

法定节日，他去。

偶尔没事，他逃课去。

见面后攀攀总说一句话：“你怎么又来了？”

星光咧着嘴笑：“想你了。”

两人站在人群中，总要抱上一段时间。

攀攀是星光的初恋，上大学之前，他没有谈过恋爱。他也曾和别人搞过暧昧，但他自己说，那不算谈恋爱，顶多是青春期荷尔蒙分泌过旺后的悸动。我问他：“谈恋爱是什么感觉？”星光笑而不语，抬头看了看天空，夜空璀璨，星光闪耀。他说：“就像头顶上的群星都和我有关系一样，终于找到了自己的归宿。”

爱情像风掠过高原，像雨落入平川，像海翻起波浪般，把你送到了我的身边。

4

我们大二结束时，攀攀已经准备实习了。

她给很多家单位投了实习简历，大多数都被拒绝了。最后，她终于在一家传媒公司找到了工作。攀攀兴奋地把这个消息告诉了星光。

大二暑假，星光选择了留校。他和室友小明报了个驾校，他们一致决定要在这个暑假把驾照考下来。

攀攀开始工作后，星光也安安稳稳地去驾校练车了。他们仍像之前一样，每晚打打电话聊聊天，向对方诉说一下自己的思念，然后又伴着绵长的回忆，进入彼此的梦中。

直到有一天，攀攀哭着给星光打了个电话。

挂了电话，星光匆忙在手机上买了张去往攀攀所在城市的火车票，什么都没带就走了。

后来我问他：“那晚攀攀到底和你说了什么？”

他旋即沉下了脸，说：“攀攀在实习单位被她的经理骚扰了。”

那天晚上的星光比任何人都着急。

赶到攀攀的城市时，距天亮还有一段时间。星光坐在候车厅里，等着从车站到攀攀学校的早班车。他想了很多种报复那个变态经理的方法，但还是感觉不够解气，干脆什么也不想了，冲进去揍那孙子一顿。

星光来到攀攀学校时，太阳刚从东边升起。夏日的阳光强烈而旺盛，他已经感觉到了一阵炙热。看了看时间，他给攀攀打了个电话，只说了三个字：“我到了。”随后便挂了电话。

五分钟后，攀攀出现在了他的面前。看到星光后的攀攀，泣不成声。

星光抱住她，安慰她说：“我来了，你不用害怕了。”

攀攀将星光带到实习的地方。他对攀攀说：“你在门口等我，我一会儿就回来。”

星光拿着攀攀的工作牌，一路冲进了那位经理的办公室。他推开门，那人看见星光，一脸的惊疑。星光问他：“攀攀是在你这儿工作吧？”

经理答了句：“是。”

对话结束，星光拿起身边的东西砸向对面的经理。经理在毫无防备的情况下，被击中了脑门。

这并不是结束。星光走到经理面前，拿起经理的玻璃保温杯，猛砸他的脑袋。砸了数下，玻璃杯还没碎。星光一边砸一边想，这孙子的杯子质量这么好？

被砸的经理这会儿只顾抱头躲闪了，面对星光的强烈攻势，他没有丝毫抵御的办法。

星光扔了玻璃杯，揪着他的头发，挥舞着拳头朝他的脸打了过去。狂揍了几拳后，经理已经鼻青脸肿，鼻子里也淌着血，再打下去怕出事，星光收手了。

星光对面前狼狈不堪的经理说："孙子，以后注意点儿自己的行为，不然，还会有人像我这样揍你的！"

说完星光转身出门，赶在保安到来之前，迅速撤离了现场。

出了门，星光拉着攀攀就跑。攀攀问他干什么去了。星光说："替你出气去了，估计你以后不能来这儿实习了。"

拉着攀攀的星光，突然感觉这世界开阔了许多。

星光说："揍人的感觉真爽。"

5

攀攀准备考研，星光说你考吧，反正我不考。

为了考研，大三暑假时，攀攀在校外租了间房。星光主动请缨来照顾她的饮食起居。

攀攀答应后，星光一时太过兴奋，转脸就告诉了我。

我说："你小子图谋不轨，还用照顾别人的理由掩盖自己内心肮脏的想法，太虚伪了。"

星光说："我可是正儿八经的好青年，别玷污我神圣的思想。"

那时，他们一天的生活是这样的：

早晨，星光醒来的第一件事是为攀攀准备早饭。做饭的同时，还要为她备好洗脸水，挤好牙膏，放在卫生间等着她起床。

吃过早饭，星光开始收拾屋子。洗碗刷锅，扫地拖地。总之，在不打扰攀攀学习的前提下，他会做完所有的事情。

接着，星光会把攀攀换下来的衣服洗了。虽然房间里有洗衣机，但攀攀的衣服，星光一直都是用手洗。

等他们吃过晚饭，攀攀重新回到房间里学习。没过多久，星光也会过来陪着她。坐在她的身边，托着下巴静静地看着她。星光觉得很幸福。

暑假两个月，星光的生活似乎只过了一天。因为他每天做的都是相同的事。

但星光却并不觉得乏味。他说：“陪着攀攀，是我最想做的事。”

成绩出来后，攀攀趴在星光的肩上哭了一宿。英语没过录取分数线，攀攀失败了。

星光安慰她说：“没关系，我养你。”

攀攀在星光的脑袋后猛点头，似乎是把自己的后半生托付给了星光。

三天后，星光收到一条微信，攀攀发来的，内容是：家里让我去英国留学，已经找好了学校，一个星期后走。

星光问她：“要去几年？”

攀攀回：“至少两年。”

星光说：“没关系，我等你。”

攀攀却回了句他无论如何都想不到的话：“你不用等我了，我不值得你这样做。我不想说我们分手吧，但你也应该清楚，我走后，我们的这份感情也就不复存在了。”

星光沉默了很久，只说了五个字：“我会等你的。”

那天晚上，星光让我们陪他出去喝酒。在学校旁边的餐馆里，他一个人喝空了几十瓶啤酒，直到最后不省人事，被我们抬了回去。

回去的路上，星光大喊：“攀攀，我一定会等你回来！”

攀攀走的那天，星光去机场送她。攀攀对他说：“遇见你是我最大的幸运，有你在的日子，真的很美好。但我终究要一个人去旅行了，千万不要等我，因为我不知道两年后的自己会变成什么样子。距离总会让人心有余悸。”

攀攀的话听着动人，却抵挡不住星光痴痴的回音：“你走吧，我等你。”

转身的瞬间，攀攀的泪水湿了眼眶。

6

离开学校后，星光把简历投给了几家公司，最后被一家保险公司录用，月薪不高，但够生活。

我去了外地读研，时间一长，联系也就少了。

有次和他聊天，偶然谈到了攀攀，我问他和攀攀是否有联系。

星光说：“我不联系她，我只等她。两年，一转眼就过去了。”

我没再说什么。

后来，我无意间翻看星光的微信，看见他的个性签名不知何时换成了这样一句话：我等你重新出现在我的生命里。

之后的日子，我几乎没有再与星光聊过天。只是偶尔在朋友圈看到他的动态时，默默地点个赞。

直到我硕士研究生三年级时，突然收到星光的消息说，他要结婚了。

我惊讶不已，问他结婚的对象是谁。

星光说："攀攀。"

一脸错愕的我，待在那里不动了。

在星光的婚礼上，我才听到了故事的完整版。

出国留学两年后，攀攀又回到了祖国的怀抱。当她下了飞机踩在祖国大地的那一刻，她的心终于踏实了。她看了看日期，正好两年。两年前的今天走的，两年后的今天，她又回来了。

攀攀换上了两年前到英国后就一直没有再用过的手机卡，她不知道还能不能用。

攀攀把卡装进手机后，开机，又看到了熟悉的提示消息。随后她往家里打了个电话，通了。

晚上回到家，吃完了丰盛的晚餐，躺在床上休息的攀攀，收到了一条短信：今天是你离开两周年的日子，我一直在等着这一天的到来。两年了，你回来了吗？

看到这条短信，攀攀哭了。

是喜极而泣还是因感动而落泪？攀攀不知道。但她知道，有一个人默默地等了自己两年。没发过一条短信，没打过一个电话，甚至，从没有联系过。但他一直在等着自己。就像走时他认真说话时的坚定一样，他做到了。

攀攀擦了擦脸颊上的泪水，回了三个字：你真傻。随后嘴角扬起了幸福的笑容。

两年后的第一次重逢，他们约在了机场。对，你没有看错，就是那个星光送走攀攀的机场。

两个人面对面站着，攀攀看着星光，看着他这两年的变化，内心一阵酸痛，忍不住流下了眼泪。

星光拭去攀攀脸上的泪水，把她抱在怀里，对她说："两年前，我在这里看着你离开了我，两年后的现在，我要从这里把你带回去。你愿意重新走回我的生命吗？"

攀攀哭着说："我愿意。"

星光和攀攀的婚礼上，我们都说星光的行为很感人。很多女生都被攀攀的讲述感动得落泪。看着他们穿着婚纱和礼服的样子，我也由衷地为他们感到高兴。

星光接过话筒后，说了这么一段话：

"我等她，是因为我知道我能等到她。我等她，是因为我知道她也一定会等着我。爱没有什么伟大不伟大，只有你愿不愿意为彼此做出奉献和牺牲。我等了她两年，可这两年的每一天，我都觉得度日如年。我也想过联系她，但我又不想打扰她。我已经从她的世界消失过一次了，我只想再次出现在她面前时，就是永不分离的时候。我做到了。"

席下，掌声一片。

最后星光说：

“我所理解的爱情，不是恋爱初期的甜言蜜语，难舍难离，而是经历了风风雨雨、分分合合，甚至是曾消失在了对方的生命里，最后，仍旧走到了一起。”

我对此深信不疑。

7

席间星光来到我身边，问我：“你现在有没有对象？”

我不好意思地说：“忙着做研究，还……还没找……”

星光递给我一个纸条，说：“给，这是伴娘的微信，有时间加一下，我看好你。”

星光冲我会心一笑，我似乎领悟到了他的心思。随后趁着上洗手间的空当儿，我加了伴娘的微信。

晚上我回去的时候，看见微信的提示消息，她同意了。

玩命追一个姑娘

你有没有玩命追过一个姑娘？

何谓玩命？就是不管姑娘同不同意，厚着脸皮非要赖着人家，赶也赶不走，轰也轰不散，死乞白赖就想陪在姑娘身边。

此种行为，说好听点儿，是痴情汉；说难听点儿，就是不要脸。

刘权友追过。

1

刘权友是我上大学时寝室里唯一到了大三还没有女朋友的糙汉。

为了损他，我们编了个段子：

刘权友，长得丑；

毕业了，没女友；

二十年，单身狗；

权友要是能脱单，

除非男人都玩完。

我们寝室每人每天至少会把这个段子说上一遍。有段时间，刘权友十分怀疑人生。

最初听到他的名字时，我下意识想到了微博上的一个红人——追风少年刘全有。我瞬间明白了一个道理：刘权友是个追风的少年，不敢追女孩儿。

这个风一样的少年，疯一样地玩了三年的游戏后，不知从哪儿来的自信，突然决定："哥要考研！"

我们纷纷对他嗤之以鼻，开展"降维打击"。本着人道主义关怀的精神，我们劝他："权友啊，你说你一个连英语四级都是考了五次才过的人，考啥研啊？"

刘权友对我们的打击不屑一顾，打完一局英雄联盟后，他指着我们说："我不是针对谁，我是说在座的各位，都是垃圾！"

我们把刘权友摁在床上一顿暴打。

2

刘权友决定考研后，怒戒游戏。他说：“从今天起，我要去图书馆上自习。”

我们笑他：“你知道考研都考哪几科吗？”

刘权友挥一挥衣袖，给我们留下了一个响亮的屁。

决定考研后，刘权友还是有了本质上的改变的。每天，他都准时在十点钟上床睡觉，早上六点准时起床。我们都说他坚持不了多长时间。

但刘权友超乎了我们的想象。整整一个学期，他都没再睡过懒觉。每天我们醒来，看着刘权友空空的床铺，觉得这家伙肯定走火入魔了。

刘权友的劲头让我很是疑虑。有天我俩在餐厅吃饭，我问他：“你是如何把每天六点起床这个比登天还难的事坚持下来的？”

刘权友说：“靠我坚强的毅力啊！和我同居快三年了，难道你没发现？”

我鄙视地看着他：“你哪有什么毅力？快说实话。”

刘权友嘿嘿一笑：“南哥我和你说，我喜欢上了图书馆的一个姑娘，那姑娘长的是‘贼’漂亮啊。”

我看着他说：“怎么，想追人家？”

刘权友瞬间双手捂住了脸：“南哥，你怎么知道我的心思？”

看着他这个动作，我差点儿没吐出来：“你能不能正常点儿？”

刘权友凑到我跟前说：“南哥，我已经开始追了。”然后他小声在我耳边嘀咕起来。

听完他的话，我有个很不好的预感：刘权友的春天，要到了。

我瞪了他一眼，说："你小子到底是考研还是泡妞？"

3

刘权友喜欢的那个姑娘也喜欢去图书馆上自习。她就坐在刘权友对面的桌子，刘权友一抬头就能看到她。

刘权友说他是无意间发现这个姑娘的。

那天他晃晃悠悠地在图书馆找座位，找到个没人的位置坐下后，一抬头看到了对面桌子坐着的一个姑娘。他心里蹦出的第一句话就是："这姑娘长得真俊啊！"

接下来一连几天，刘权友都坐在那个位置上。他是为了能多看会儿那个姑娘。因为他发现，姑娘也喜欢坐在她经常坐的位置。

刘权友高兴坏了，他在看书的间隙没事就抬头看看姑娘。他只要看不到姑娘，心里就会十分着急，东张西望地寻找姑娘的身影。

刘权友还惊喜地发现，在图书馆放置学生资料的书架处，他与姑娘的书竟挨在一起。刘权友激动得不知所措，仿佛是他与姑娘挨在一起似的。

刘权友趁姑娘不在的时候偷偷翻看过她的书。他想知道这么漂亮的姑娘叫什么名字。可他翻遍了每一本书，都没有发现姑娘的名字，他急坏了。

有段时间，刘权友连着好多天都没见到姑娘。她经常坐的位置也被别人占着了。刘权友有些担心，他不知姑娘去哪儿了。

一天晚上，离开图书馆前他写了张纸条，夹在了姑娘的书里，上面写：许久不见，你去哪儿了？

此后的每天早上，他到图书馆的第一件事就是翻开姑娘的课本，看看她有没有回复自己。好些天过去，却始终不见姑娘的身影。

刘权友说："等待姑娘回复的过程，像等待在产房的老婆生娃的过程一样，内心焦急又期待。那种感觉，无法用语言形容。"

姑娘终于回复他了。

那天，他和往常一样，一早就来到了图书馆，习惯性地看了看姑娘的课本，刘权友发现，他夹进去的纸条，露出了一个角。他兴奋地拿出纸条，上面只多了两个字：晒网。

刘权友不明所以，拿出笔写：What（什么）？然后他犹豫了会儿，写上了自己的微信号。

两人开始有了正式的交流，一天一句，通过那张小纸条。

姑娘：我为什么加你？

刘权友：毕竟是同学嘛，加一下有什么关系？

姑娘：不加。

刘权友：你不觉得一天一句很费劲吗？

姑娘：费劲你还写？！

刘权友决定主动出击。

他发现姑娘每天都是八点多才来。姑娘常坐的位置，经常会被先到的人占领。于是他决定，从明天开始，替姑娘占座。

第二天，他起得很早，早到图书馆的看门大爷都还没来开门。

刘权友走进图书馆的第一件事就是拿起姑娘的书，放在了她经常坐的位置上。

姑娘来后，看到桌子上的书，一脸的诧异。刘权友偷偷看着她，笑了起来。

刘权友的微信收到了一条好友申请，验证消息上写：谢谢你替我占座。看到这儿时，刘权友一脸的得意，他成功了。

4

加了姑娘的微信后，刘权友没事就给姑娘发消息。他问姑娘：你叫什么名字啊？

姑娘被他问得十分不耐烦：李芝宇。快被你烦死了！

刘权友在心中念了遍姑娘的名字，然后说：你的名字真好听。

姑娘没理他。

私底下，刘权友问我："南哥，你说，我要如何追一个姑娘？"

我不假思索道："玩命追呗，人矬志不能挫，你说对吧。"

刘权友撇了撇嘴，估计在心中骂了句脏话。

晚上，刘权友躺在床上与李芝宇聊天。

李芝宇问他：你是不是想追我？如果是，请你直接放弃。如果不是，算我自恋。

刘权友回答得也很果断：是，我就是要追你。

李芝宇回复他：我劝你趁早放弃。

刘权友发挥了玩命追一个姑娘的精髓，他说：我就不放弃，看你能怎么样？可谓贱到极致。李芝宇不再说话，刘权友接着说：以后我负责给你占座哈，你可以晚点儿起床。

我终于明白刘权友起床的动力是什么了。他不是为了学习，他是为了李芝宇。

整整一个学期，刘权友每天都起个大早去图书馆占座。

别人追一个姑娘是制造浪漫，他追一个姑娘，是坐图书馆。

追风少年，就是不一样。

5

刘权友准备实施下一阶段的计划了。

行动前，他将自己要追姑娘的事昭告了天下。

寝室一阵闹腾，纷纷庆祝刘权友即将脱单，结束二十二年的单身生活。

我们纷纷给他出谋划策。林灏说：“以我追李一一的经验来看，你要做好打拉锯战的准备。”星光补充道：“对，在这个时候，你遇到的抗拒是最大的。但现在也是最关键的时候，她越拒绝你，你就越不能放弃。熬过这个阶段，你就成功了。”

刘权友决定，尾随李芝宇回宿舍。

图书馆十一点闭馆，李芝宇每次都是十点半准时回去。刘权友算好时间，十点二十五的时候，收拾好东西，等着对面的李芝宇。

十点半，李芝宇收拾东西回宿舍，刘权友跟着她出了图书馆。

走到灯光昏暗的小树林时，刘权友突然冲到了李芝宇的面前。

我们听得异常兴奋：“你把她怎么了？”

刘权友说：“你们可别想多啊，我只是打了个招呼。”

刘权友站在李芝宇面前说：“美女，你好啊。”

李芝宇不给他好脸色：“你干吗？敢尾随我？”

刘权友被李芝宇的气势吓住，跟在她身后一直到李芝宇进了宿舍，他也没能和李芝宇说上几句话。

我们听得着急，说他怂：“你怎么不直接……”

刘权友说：“要你管？我就喜欢被她虐的感觉。”

我们纷纷“吐血”。

李芝宇终于答应刘权友陪他压马路了——以不再骚扰她为前提。

那天，李芝宇穿着一身连衣裙，一头长长的秀发披散在肩膀，好看极了。刘权友说，我最喜欢她的头发了。

刘权友看着站在他面前的李芝宇，心跳得很厉害。李芝宇问他：“现在去哪儿啊？”

刘权友结结巴巴地说：“随……随便走走嘛……”

两人围着学校走了好几圈。

李芝宇不解地问："你说你到底想干吗？非要这么缠着我吗？"

刘权友说："我想追你啊。"

李芝宇呵呵一笑："你追不上的。"

刘权友急了："你先别急着拒绝，我也没让你现在就答应啊。"

两人的聊天慢慢缓和了许多。他们聊到学习，聊到为什么考研，聊到李芝宇的名字。

刘权友问她："你妈怎么给你起了个这么好听的名字？"

李芝宇骄傲地说："这是我自己选的，好吗？！"

"自己选的？"

"我十岁的时候改的名字。我爸妈给我挑了几个名字让我选，我就选了这个。"

刘权友听得入神："那你们家还是书香门第啊。"

"你以为呢？知道'芝宇'这两个字什么意思吗？"

刘权友摇摇头："不知道。"

"不知道回去查字典去。"

刘权友将李芝宇送到宿舍时问她："以后我还有机会请你出来吗？"

李芝宇十分坚定地说："没有了。"

刘权友悻悻地离开了。

回寝室的路上，刘权友掏出手机百度了下"芝宇"，上面解释说：芝宇，对他人容颜的美称。想到李芝宇美丽的面庞，刘权友觉得这个名字与她太般配了。

6

半个月后，李芝宇过生日。

刘权友是在朋友圈看到的。李芝宇发了个朋友圈说，这是唯一没有蛋糕的生日。刘权友莫名有些心疼。

他给李芝宇发了个红包，十八块一毛八，祝她永远十八岁。

李芝宇收了红包，说了句谢谢。

刘权友不知再如何聊下去。

过了大约半小时，李芝宇给他发了信息："你这会儿有空吗？能陪我出去走走吗？"

刘权友受宠若惊："有啊，你在哪儿？我去找你。"

李芝宇说："你在寝室楼下等我吧。"

当时已经是晚上九点多，刘权友匆忙带着钱出去了。他没有直接去找李芝宇，而是先去了商业街。他想给李芝宇买一个蛋糕。

刘权友在蛋糕店挑了个十分漂亮的蛋糕，站在了寝室楼下。

"我到了，你下来吧。"刘权友给李芝宇发消息。

没多久，他看见李芝宇从寝室门口走了出来。他拿起蛋糕，走到李芝宇面前说："生日快乐。"然后把蛋糕递给了李芝宇。

李芝宇轻声说了句谢谢。

两个人坐在操场的塑胶草坪上，打开蛋糕，刘权友说："你吃吧。"

看着蛋糕，李芝宇突然哭了起来，哽咽着说："你干吗对我这么好？"

刘权友嘿嘿傻笑："因为我喜欢你啊。"

那个晚上，刘权友看着李芝宇一口一口吃下蛋糕，心中充满了幸福感。

我们总自私地认为爱是拥有，但真正的爱是陪伴。是与你分享喜悦时的激动，是枕在你肩头哭泣时的温暖，是无论什么节日都不担心和谁过的自信。是一切的一切，是所有的所有。而能带给我这些的，是你。

7

刘权友就这样陪着李芝宇，直到考研结束。

我们替他感到惋惜，这么用力地追一个姑娘，可姑娘还是没同意。

刘权友却不这么认为，他说："我早已改变了心中的想法。我知道自己想要的是什么，我只想陪在她身边。只要想见她时能看到她，就是我最大的满足。"

成绩出来后，刘权友"不负众望"，没考上。

李芝宇成功地考上了省外她心仪已久的学校。这次，无论如何她都要和刘权友分开了。

刘权友还没有放弃，他说："我还要再考一年，我相信我会走到她身边的。"

大学毕业后，我们都去找了工作。只有刘权友一个人，在外面租了间房，把所有考研用的书，全搬了进去，开始了暗无天日的生活。

一年的时间很快过去，刘权友又参加了一次研究生考试。

成绩出来时，我们为了表示对他的关心，纷纷问他考得如何。

他回答得很平静："还行，还行。"

我们问他："能去到李芝宇那个城市吗？"

刘权友笑了笑："应该可以。"

当我们知道他的成绩时，都惊呆了。他考了410多分，是他报名学校的第一名。

爱情能让人爆发出这么大的能力？

刘权友说："能！"

大学毕业五周年的时候，我们商量着去刘权友家聚会。刘权友高兴地说："好啊好啊，来来来。"我们三个站在刘权友的家门前敲门，一个女人开了门，问我们："你们是权友的室友吧？快进来，快进来。"

看着她熟悉的面孔，我知道，她就是刘权友追了好几年的那个女孩儿——李芝宇。

刘权友出来热情地招呼我们，他还是那副欠扁的模样，只是没有了曾经的年少轻狂。

饭桌上，刘权友给我们介绍："这是我女朋友芝宇。我们打算过完年就结婚，到时候你们可都得来啊。不来也行，但别忘了把份子钱打来。"

我们都骂他真精明。

刘权友对李芝宇说："芝宇，这几个都是我室友，当年我追你的时候啊，他们没少在背后给我出点子。咱们啊，敬他们一杯酒。"

刘权友看着李芝宇，眼中满满的都是爱意。

8

爱需要缘分，也需要勇气。但更需要的，是你爱对方的毅力。

如果你足够爱一个人，你一定不舍得让她进入别人的怀抱。

在你心里，如果有一个人，你想给她幸福的动力，远大于祝她幸福，那么，无论未来会怎样，玩命追吧。

或许十年之后，她就成了你孩子的妈。

素三鲜与秋刀鱼

“南方人爱吃米，北方人爱吃面，这叫一方水土养一方人。”这是来自南方的室友林灏常挂在嘴边的一句话。虽然他的普通话不标准，虽然我们听了多次才听懂。

但林灏确实像他说的那样爱吃米，我们一早就知道了。

林灏与我想象中的南方人有些不同。林灏除了皮肤白这点符合外，其他的几项都颠覆了我的认知：他 180 厘米的身高，180 斤的体重。白天穿衣的时候倒也看不出有多胖，晚上睡觉时，腰间的赘肉就会懒散地跑出来占据本就不大的床位。林灏的嗓门也高，他吼出一声，八百米开外都能听得到。都说一白遮三丑，况且林灏长的也没那么丑，所以远看也是一枚帅气十足的小帅哥。

学校有三个餐厅。大一开学一个月后，林灏就把所有餐厅的米饭尝了个遍。三个餐厅的直线距离有几公里，我们都惊讶他是如何做到的。

饭后，林灏打了个饱嗝，一脸奸笑地说：“餐厅里的米饭我已全部尝完，以后你们谁要是想吃米，可以向我请教，免费的哦。”

尝遍餐厅米食的林灏，从中挑出了他觉得还不错的几家，还特意做了个表格。我瞄了一眼，信息还挺详细，排在第一的是一餐二楼从左边数第三个窗口的菜单上的第四道菜——秋刀鱼盖饭。

我看得眼花，瞬间没有了读下去的欲望，但我将菜名记住了，秋刀鱼。

以后的日子里，秋刀鱼将会成为林灏生活中的重要角色。

男生宿舍大概都是一个样子的，我们睡前聊美女，打游戏，聚在一起看“爱情动作片”，有时还会讨论一下女主角的长相和“三围”。

直到有一天，林灏突然从椅子上站起身，看着眼前满是肉色的电脑屏幕，兴奋地喊了句：“我要找个女朋友。”

林灏说这句话的时候，影片刚刚进入正题，我们看得起劲儿，没把林灏的话当回事，想着他是荷尔蒙分泌过多的缘故，冷静会儿就好了。当时已经快十二点，影片竟然还有几十分钟能播完，我们嫌他们的节奏太慢，就快进着把影片看完了。

第二天早上醒来，林灏就变得和以前不一样了。他开始认真地打扮自己了，早上洗脸刷牙的节奏明显和以往不同。我们问他这是为何。他说：“我要找个女朋友！”我们听后都坏笑，“你的目的可不纯啊！

哈哈哈。”

我们没把这件事放在心上，林灏却把这当成了一回事，他已经开始物色人选了。

最初，林灏看上了和我们同上英语课的一个女孩儿，每次遇见他都激动得语无伦次。我们都以为他就要表白了，可他却说：“我是个唯心主义者，在我的内心深处，她早就是我的人了。”

唯心主义者的内心真是太邪恶了。

我们知道林灏已经在心里把人家霸占了后，就不再询问他这件事了。我们以为林灏的内心已经得到满足，此事就这样过去了。

某天晚上，我们班级举行集体活动，在操场练习打太极和“开火车”。休息的片刻，林灏看着离我们不远的正在练习“开火车”的一队女生，突然冒了句：“我喜欢倒数第三个穿蓝色衣服的那个女孩儿。”

我惊讶地大叫：“哪个？”

他指着正在行驶着的倒数第三节“火车”说：“那个，那个穿蓝衣白鞋的女孩儿。”

我吃惊地问：“换对象了？”

他镇定地答：“我们要用发展的眼光看问题。”

我对此很无语：“你真不愧是文科生。”

可所有的谈话也就停止在那一夜了，而后就没了下文，林灏找女朋友这件事，我们在心底已经把它搁浅了。

往后的日子逐渐回归正常，我们继续着每日无聊的课程，有时还会逃一两次课，不幸被老师点名，就说两句脏话来表达内心的愤愤不平。

闲暇时打游戏，无论是穿越火线还是刚火起来的英雄联盟，玩起来都得心应手。偶尔，也会看看让人心血来潮的“动作片”解闷。

每次吃饭都很煎熬，林灏要吃米，我们想吃面。他还总是要跑到距宿舍很远的一餐二楼吃他最喜欢的秋刀鱼盖饭。说他喜欢吃，一点儿也不为过。每天至少会吃一顿，偶尔犯神经时，一天能吃三顿秋刀鱼盖饭。我们都说他是土豪，一份秋刀鱼盖饭要十块钱，而我们一天估计也就花十多块钱。

一件事坚持得够久，就会发生意想不到的变化。我们都觉得林灏总有一天会吃秋刀鱼盖饭吃到吐,可万万没想到他竟吃出了一段恋情。

说起来，他们的邂逅也挺美丽的。

在那个微风徐徐的冬日中午，阳光很暖，躺在寝室休息的我睡到晌午才起床，刚洗漱好就被林灏拉着去吃中午饭，并且还要去遥远的一餐二楼。刚睡醒的我自然没那个兴致，就萎靡地推脱不想去，但林灏拉着我就是不撒手，差点儿就抱我大腿了，我实在不想与他纠缠，便答应了他。

不知走了多久,终于到了一餐二楼,他当然去买他的秋刀鱼盖饭了。至于我，作为一个地道的河南人，毅然决然地选择吃烩面。结果他倒是比我快,我在窗口等了足有十分钟,端着滚烫的烩面出现在他跟前时,他已经开吃了。

但不知为何,我从他的面部表情上明显地感觉到他很兴奋。我疑惑,心想这二货踩到狗屎了这么开心?

我刚坐下，林灏屁颠屁颠地和我说："给你说个事。"满脸的幸福。

我着实听不惯这种腔调："什么屁事？快说。"

他还是很兴奋："刚在买饭的时候，我遇见我的女神了。"

我用筷子挑了两根烩面放进嘴里，问他："哪个？"

林灏这下急了："就是那天晚上和你说的那个呀！"

我嚼着嘴里的烩面，味道还不错，同时回答林灏的问题："蓝衣白鞋的那个？"

听我说完，林灏忙张嘴说："对对对……就是那个！"他一时激动，张嘴就把刚放进嘴里的一勺米饭又吐进了盘里。这还好啦，没想到他说完，又把刚掉进盘里的米饭再度塞进了嘴里，看得我顿时没了食欲。

林灏还是很兴奋，不顾一切地说着："你猜怎么着，我刚点了份秋刀鱼盖饭，接过来正准备走，忽然听到后面传来了声软软糯糯的声音：'来份素三鲜。'我转身一看，正是我心中的女神啊。"

我笑喷："我还以为你捡钱了呢，搞得跟中了亿元彩票似的。"

他很不屑："你不懂啦，这就叫缘分呀。所以我决定了，在接下来一个星期的时间里，我准备每顿都吃秋刀鱼盖饭，如果我还能再碰见她，我就要行动了。"

我本不相信他能做到，心想，我那么喜欢吃烩面连着吃一星期也得吃吐啊。

然而，他做到了。

爱情的疯狂是什么？是不惜千里远赴他乡看望异地的你；是哪怕一句短暂的问候也非要站在你面前亲口告诉你；是天晴时因你高兴，

下雨时怕你受冻，刮风时为你披衣，下雪时陪你观景。不要问我为何会如此疯狂，我只能说，因为有爱，所以疯狂。

林灏的疯狂也换回了应有的回报，在第六天里第二次吃秋刀鱼的时候，他惊喜地发现，他期盼已久的女神就站在他的面前。

林灏注视着她的背影，无法自拔地流露出了对这个身影的喜爱。如果周围没有人，他应该会从身后一把抱住她吧。

那个熟悉的声音再次在耳边响起："素三鲜。"林灏只顾笑了，却被卖饭老板的问候拉了回来："小伙子，又来吃饭啦，这次是不是还吃秋刀鱼盖饭啊？"

"啊？对，对……"林灏慌忙回答。卖饭的老板都记住他了。

目的已经达到，原本林灏可以不再吃秋刀鱼盖饭，不过因为高兴，他说他还是要坚持吃够七天，最后一天是对自己的奖励。这理由，听得我也是醉了。

守株待兔的故事大家可能都听过，但守饭待人这事估计不会多见，要说林灏这愚蠢的农夫也是运气好，等了几天还真让他碰上了想见的人。

林灏开始行动了。

为了进一步了解心中的女神，林灏花了很多心思，先是打听到了她的班级。在打听消息的过程中，他还知道了女神有个特别好听的名字，李一一。

接着是联系方式。

为了得到李一一的联系方式，林灏也是下了血本。

他用两包烟的代价从班长那里得到了李一一班的QQ群号，又费尽心思加了进去。怕人家把他当作发布广告的给踢出来，他加进去后直奔主题，在临近末尾的群成员的名字里，终于看到了李一一的名字。

犹豫了好久，林灏不知以什么样的身份发送好友申请。太亲昵了不合适，太疏远了可能她会不同意，想了想，他在验证消息的方框里，输入了两个字——同学。

接下来就是焦急的等待过程了。

从发送验证消息的那一刻起，林灏就坐在床上抱着手机盯着屏幕上的QQ消息，这个姿势，他保持了一整天，终于等到了回复。

李一一同意了。

那个时候已经是岁末，元旦放假，寝室里的其他人都回家了，除了林灏。

他没有回家，而是一个人孤独地在学校待了三天。

其实也不能说孤独，因为这几天，一直有人在陪他聊天。这个人是李一一。

元旦前夜，林灏坐在电脑前看着湖南卫视的跨年演唱会。他的心思却不在演唱会上，全部在眼前的手机上。

他终于和李一一说上话了。

跨年演唱会还是和以往一样，很多知名不知名的明星唱着好听不好听的歌曲。几个小时的演唱会，林灏只记得有个叫谭维维的女歌手唱了首神一样的歌曲——《谭某某》。她的身边还簇拥着一群乱哄哄的记者。

林灏陪着李一一从旧的一年跨到了新的一年，后来林灏对李一一说：“我真没想到陪我跨年的人会是你。”李一一冷笑一声：“我还没想到我的男朋友是你呢！”

是的，他俩在一起了，我也不知道林灏用了什么样的手段，反正自从那年元旦回来，他俩的关系就不一样了。

林灏说，他用了一段非常感人的话把李一一感动了：如果没有遇见你，我们两个在平行世界里擦肩而过，我的人生或许不会有太大的变化。可我最终还是遇见了你，似乎是一种不期而遇，预示着最后的各自分离。但我不想就这样看着你消失在茫茫人海，两个平行的世界一旦有一方发生倾斜，他们就注定会相交在一起。无论角度有多小，距离有多远。当我的思绪开始无限延伸，我便已知道，我的世界，不能没有你。

尔后的故事归于平静，两个人走到一起，打打闹闹，嬉嬉笑笑。

李一一是典型的北方姑娘，说话能细腻也能粗犷，走路能淑女也能汉子。但她却有一个我无法理解的喜好，她也喜欢吃米饭。

确切地说，林灏和李一一的爱情故事离不开米饭。

李一一其实也喜欢吃林灏常去的那个窗口的饭，不过她更喜欢吃素三鲜。素三鲜便宜且实惠，对于来自农村的李一一来说，再合适不过。

李一一每次点的菜都很固定：清汤豆腐、爆炒土豆丝、水煮青菜。林灏形象地将这三道菜称之为“青丝蘸白雪”。

林灏还是会来份秋刀鱼盖饭，两人面对面坐着，每吃一口都会看看对方的眼睛，相视一笑后，咽下嘴里的饭。

他俩在一起之后，林灏就几乎不再和我一起吃饭了。当然，我也不忍心当电灯泡。

偶然的一次，我们三个恰好走到了一起，就坐到了一起。

那天中午，他们两人仍吃的素三鲜和秋刀鱼。

但我发现吃素三鲜的是林灏，吃秋刀鱼的是李一一。

我很好奇，问林灏："怎么，不喜欢吃秋刀鱼了？"

林灏看了我一眼，说："不是不喜欢，是把最喜欢的东西给了最爱的人。"

当你愿意为一个人舍弃自己最喜欢的东西时，你的爱情就真的来了。林灏这样告诉我。

他们的感情很好，虽然偶尔也有一些小矛盾，但基本上没有大的争吵。李一一也不是多事的女孩儿，两个人一块儿外出，即便因一些事闹情绪，也从不会和林灏大吵大闹。

谈恋爱之后的林灏逐渐堕落了。他的堕落，一切都是因为爱情。

因为爱情，他有个学期一连挂了三科。他居然还唱："因为爱情，不会轻易悲伤，所以一切都是幸福的模样。"

因为爱情，他英语四级考到大三都没考过。

因为爱情，他只能读完本科，放弃考研。

也是因为爱情，林灏差点儿没拿到毕业证。

林灏还自豪地说："或许十年后，我会给你一张过去的CD，让你看看那时我的爱情。保证你看过之后，不会突然忘了。到那时，估计我会红着脸躲避。哈哈。”

李一一成绩不错，她也曾陪着林灏学习到深夜，给他讲很多他不懂的问题。但林灏从来只看她不看题。

李一一说：“这道题要这么做。”

他答：“嗯，我知道。你的眼睛真好看。”

李一一又说：“这个公式一定要记住。”

他又答：“嗯嗯。我早就把你记在心里了。”

李一一无奈地说：“你是在学习吗？”

林灏呵呵傻笑：“我是在看你。”

李一一被气“晕”。

本科毕业后，我到外地的一所大学读硕士研究生。与林灏和李一一分别前，我们一起吃了顿饭。

李一一第一次考研失败，她坚定地说：“我还是要考研的，为了家里的父母，我还要再试一次。”

林灏说他的学习生涯要到此为止了，他会回老家，让他的老爹给安排一份工作。

酒过三巡，各自道别。

一晃，几年没见面了。

前段时间我去南方出差，路过林灏的城市，就给他打了个电话。原本我以为林灏会换手机号，但竟然打通了。

在火车站前的广场上，我们见面了。

林灏变了样，比他在学校时胖了不少，还是那么的魁梧，但脸上明显多了数不清的沧桑。

我感慨，岁月这把杀猪刀啊。

他将我带到一家小餐馆，餐馆的面积不大，但装修精致。独特的南方韵味，很有魅力。

林灏说，他是这家餐馆的老板。

我恭维地说：“你小子现在可以啊，快把老板娘叫出来。”接着我喊：“李一一！”

他却淡淡地说：“我和李一一早就已经没有关系了，现在我是单身。”

我惊讶地问他：“分手了？！”

他静静地点点头。

他站在餐馆的收银台前，向我讲述那段不堪回首的往事。

第二年，通过努力，李一一终于如愿考上了硕士研究生，去了在她家乡更北方的一座城市。而林灏却只能回南方的老家。

李一一说：“可能我以后会在那个城市定居。”

林灏问：“那我怎么办呢？”

李一一双眼突然红了：“林灏，我们分手吧。”

听到这句话，林灏的心猛地痛了一下。

但，他没有挽留李一一，因为他知道，能说出这句话，她必定考虑了很久。

爱情在现实面前总是那么脆弱，有时为了生存，我们不得不妥协于现实。林灏知道，李一一在北方那座城市的发展前景更好，她在那儿会有更好的前途，所以，林灏默默承受了全部痛苦。

因为我爱你，所以我愿意为你舍弃一切，哪怕是我们的爱情。

我不是不想挽留，只是我知道，挽留下来的，已不再是从前的你。我愿意舍弃我爱的那个你，让你成为新的自己。一一，再见了。

林灏的眼角湿润了。

我打断他的诉说，故意吼得很大声："坐这么久的车，我都饿了，快给我来份盖浇饭，让我也尝尝你的手艺。都有什么啊？"

林灏语气很平静："什么都有，除了素三鲜与秋刀鱼。"

李一一走的那天，林灏最后一次陪她去了他们常去买饭的窗口。两个人在窗口前站了很久，林灏不知该说些什么。反倒是他身后的李一一先开口说："一份素三鲜。"

听完，林灏闭眼深吸了一口气，语气很沉重地说："秋刀鱼。"

两人依旧面对面坐着，只是没有再说一句话。

李一一吃着她很久没尝过的素三鲜，每一口都混着咸咸的泪水。没吃几口，她便起身跑了出去。

林灏一个人静静地坐在那里，他面前的秋刀鱼还完整地躺在盘中。

过了许久，林灏的手机振动了，他看了看，是李一一发来的短信：你曾说，你的世界不能没有我，但两个平行的世界相交在一起本身就是错的。我们两个的世界都发生了倾斜，所以我们才交汇在了一起。但现在我们彼此的世界又重回平行，感谢你出现在我的生命中。我们就这样平行地走下去吧，到最后你会发现，我们的世界，没谁都可以。

林灏站在餐厅门外，望着有些灰冷的天空，流出了些许悲伤的眼泪。

他删了李一一发来的那条短信，心里突然有了坚定的想法：从此不会再吃秋刀鱼。

风卷残云，为你而歌

载着你仿佛载着阳光

不管到哪里都是晴天

——周杰伦《星晴》

1

初中一年级时，我与苏小小是同桌。那个时候，周杰伦正火得一塌糊涂。

苏小小喜欢周杰伦，喜欢得一塌糊涂。

她的课桌上，贴着周杰伦的海报；书本上，每一页都有周杰伦的贴画。她有一个歌词本，周杰伦的歌，她几乎全抄了下来。那个时候，每天的零花钱少得可怜，为了听周杰伦的歌，苏小小一个月都没吃她最爱吃的辣条，用攒下的钱买了个MP3[①]。从此她除了上课之外，再没摘下过耳机。

我没想到的是，我的噩梦也开始了。

她每天哼得我头昏脑涨，有好几次，我都想向老师申请调座位了，可都被她残忍地拽了回来。她总笑眯眯地对我说："你别去告老师，我把耳机分你一个。"

我气得直冒火，决定先听会儿歌冷静下。

苏小小最喜欢做的一件事，就是让我听她唱歌。

但，苏小小唱歌实在太难听了。别人唱歌要钱，她唱歌，要命啊！

我能活到现在，也是个奇迹！

每次唱完，苏小小都会问我："我唱得怎么样？"

我为了能多听几次 MP3，忍着恶心，违心地说："还行还行。"

结果一次班级晚会上，苏小小因为常年受我的夸奖而信心满满地站在讲台上唱了首歌，她一开口，全班笑成了一锅粥。

苏小小备受打击，再也没让我听 MP3。

一天，苏小小看着课桌上周杰伦的海报，看得出神。突然，她握紧拳头说："我以后一定要找个会唱歌的男朋友。"

2

高中时，苏小小去了外地，我几乎与她断了联系。直到上了大学，我才知道，她考进的学校就在我的隔壁。

---

① 可随身携带的、能播放音乐的电子设备。

毕竟是故友，大学刚开学，认识的人不多，当她知道我们俩离得这么近时，骑着车就来找我了。

再见到苏小小，我已经快认不出她了。

她在我心中的印象，还是六年前那个总爱扎马尾、戴耳机、土里土气的少女。现在站在我面前的却是一个光鲜亮丽的美女。我不得不感慨，真是女大十八变啊。

“几年没见，你变化可够大啊。你是怎么长成一个美女的？”我调侃她。

苏小小给了我一个谜之微笑：“几年不见，你怎么比那个时候还黑？”

我：“……”

她哈哈笑了起来。

不带这么玩儿的。

我带她在我们学校兜圈，她听到广播里放的周杰伦的《稻香》，不由自主地跟着唱了起来。

我问她：“这么多年过去了，你还喜欢周杰伦啊？”

她潇洒地甩了下头发：“周杰伦，一直都是我的信仰。”

我又想到了她那时的愿望：“你不是说要找个会唱歌的男朋友吗？找到了没？”

苏小小说：“你还记着呢？不过这么多年过去了，还没发现让我动心的人呢。”

“这么说，是没找到喽？”

“对啊，你有认识的会唱歌的帅哥不，可以给我介绍下。”

我说：“我认识的呀，都不合你胃口，他们都不会唱歌。”

苏小小瞪了我一眼。

3

见了第一面后，苏小小就以各种名义来找我：想看看你们学校的新图书馆啦；想吃下你们学校食堂的饭啦；想拍下你们学校新建的人工湖啦。总之，她只要一来找我，就得宰我一顿。最后吃得我肝儿颤，她一给我打电话，我就瘆得慌。

2015年1月17日，这一天我记得特别牢。

苏小小在这天给我打了电话，我以为她又想让我请她吃饭，没想到，她一句话没说完就哭了起来。

我问她：“怎么了，谁欺负你了？”

她哭得话都说不利索了：“我最爱的周杰伦，他今天在英国和昆凌结婚了……呜呜呜……”

我无言以对，心想周杰伦也不能因为你一辈子不结婚吧。但嘴上还是安慰她：“你哭什么呀，应该为他感到高兴才对嘛。”

苏小小哽咽着说：“可是……可是……我喜欢了他这么多年，舍不得他……呜呜呜……”

为了减轻她内心的痛苦，我带她去吃了顿红焖大虾。吃完最后一只虾时，她边擦手边说："没有什么事情是一顿美食解决不了的，我现在已经不伤心啦。谢谢你今天请我吃的虾，我记账上，回头等我有男朋友了，会给你补回去的。"

我撇了撇嘴："走吧，大小姐。"

结账时，我心在滴血。

4

苏小小的学校举行"校园十佳歌手"比赛时，她非把我拉过来陪她一起看。

比赛分三轮进行，第一轮淘汰四人，第二轮淘汰三人，第三轮评选出冠军。

每一位歌手唱歌时，苏小小几乎都声嘶力竭地欢呼，仿佛这些歌手是在为她唱歌一样。我让苏小小安静点儿，毕竟我是来看比赛听歌的，不是来听她在这儿嘶吼的。苏小小不屑一顾，嫌弃我没激情，继而又接着吼起来。

我有种起身想走的冲动。

比赛进行到第三轮时，台上只剩下了三位歌手，两男一女。

苏小小问我："你觉得他们谁最有可能获得冠军？"

我向来没什么鉴赏能力，不假思索地脱口而出："女生。"

苏小小"切"了声，凑到我耳边，小声说："我觉得，那个穿白衬衫的男生最有可能。他不仅唱得好听，长的还那么帅，对不起，我花痴了。"

我再次想起身。

苏小小说的那个男生排在第三位出场。他一出场，引得台下的女生们一阵欢呼。人气倒挺高。

背景音乐响起时，苏小小突然大叫了一声，周围的人纷纷看向她。她有些不好意思，低头捂住了脸。

人群的目光散开后，我问苏小小："你神经啦！叫什么叫？"

苏小小激动得直拍打我的大腿："他唱的是《搁浅》，周杰伦的歌！"

台上的男生开始唱的时候，她也跟着哼了起来：

久未放晴的天空，依旧留着你的笑容

哭过，却无法掩埋歉疚

风筝在阴天搁浅，想念还在等待救援

我拉着线，复习你给的温柔

……

我只能永远读着对白，读着我给你的伤害

我原谅不了我，就请你当作我已不在

我睁开双眼看着空白，忘记你对我的期待

读完了依赖，我很快就离开

唱完一段之后，苏小小又开始捶打我的大腿："他唱的真好听。"

我给了她一个白眼。

最后三人同台，主持人唠叨了一大段话之后，公布结果：“获得本届‘校园十佳歌手’大赛冠军的是……”

主持人故意停顿了一下，苏小小急得直跺脚。

“许畅！”

主持人话音刚落，那个穿白衬衫的男生便举起了双手，向大家示意。

苏小小准备再次捶打我的大腿时，我急忙闪开了。她一拳打在了椅子上，两眼冒火花。

但此刻的她，早已顾不上手了。她站起来，为她喜欢的歌手欢呼。

5

一天后，苏小小给我发消息说，她已经找到符合要求的人，准备谈恋爱了。

我问她：“有人向你表白了？”

她说：“不是，是我准备追别人。”

我：“追谁？”

她：“许畅。”

我觉得这不可能，她肯定在做白日梦。

若不是苏小小把整个大学城闹得满城风雨，让所有人都知道她在追许畅，我根本不敢相信，这个瘦弱的姑娘，竟有这么大能耐。

苏小小追许畅的事传遍了大学城的角角落落。

歌手大赛结束的第二天，苏小小便跑去打印店做了一条横幅，挂在寝室的阳台上。上面写：热烈祝贺许畅获得“校园十佳歌手”大赛冠军！帅哥，我想加你微信！

有人将横幅拍了照上传到了贴吧，自此，苏小小彻底走火入魔，她的行为开始不受控制。

许畅获得冠军后，每逢学校举办晚会，一准儿会有他的表演。

而每当许畅站在台上唱歌的时候，苏小小一准儿会坐在观众席中。每次，她都要上台送花，表达对许畅的喜爱。

最令人意想不到的是迎新晚会上，苏小小拉着她的室友们一起做了几个灯牌，连成一句话：许畅你最棒！

这不仅让苏小小一战成名，连同她的室友，也因为她而曝光率激增。

在她疯狂了一段时间后，我问她：“许畅答应你了没有？”

苏小小一脸委屈地说：“他连话都没有和我说几句。”

我十分纳闷：“不应该呀，你闹得你们俩的事人尽皆知，他一点儿动静都没有？”

苏小小说：“他觉得我这么做只是对他的盲目崇拜，他不认为我喜欢他。”

我想了想：“嗯，看来这家伙还是很理智的嘛。”

苏小小生气了：“哼！我一定要追上他。”

6

苏小小苦思冥想之后，决定换种方式。

她在贴吧里打听到，每个周末，许畅都会到一家酒吧兼职驻唱，挣生活费。苏小小遂决定，她要去给许畅捧场。

于是，每到周末，苏小小像找了份固定工作似的，准时来到酒吧，坐在吧台隐秘的角落，听许畅唱歌。

每次，她都会点一首周杰伦的歌。她觉得，许畅是唱给她一人听的。苏小小说，她就喜欢看许畅唱歌的样子，就像她喜欢吃的小龙虾，美味可口，楚楚动人。

我陪着苏小小去过一次酒吧。我们坐在角落里，看着不远处的灯光下许畅抱着一把吉他，深情款款地唱着歌。那种感觉，确实够动人的。

会唱歌的人，有种别样的吸引力。

苏小小点了杯鸡尾酒，我要了杯拿铁，我们边喝边聊。

我看着许畅说："你还别说，这样看许畅呀，确实感觉不同。你说，他会不会成为下一个赵雷？会不会为你写一首《郑州》？"

苏小小笑了："李志早就把郑州唱完了。"

我问她："你打算一直这样默默听下去吗？"

苏小小喝了口鸡尾酒："我看得出来，他是个有梦想的人，我想陪他实现梦想。"

我没来得及回话，苏小小接着说："你注意听，下一首歌是我点的，周杰伦的《彩虹》。"

果然，音乐响起来的时候，许畅缓缓地唱：

哪里有彩虹告诉我

能不能把我的愿望还给我

为什么天这么安静

所有的云都跑到我这里

……

苏小小一边听，一边跟着唱。仿佛这个世界只剩她和许畅两个人。而他们，一同在唱着只属于彼此的歌。

苏小小有些陶醉：“就这样单纯地看着他，我便幸福了好多。”

痴情的人最幸福，无论对方怎样对待他们，他们在喜爱的人面前，永远只有一种姿态——我好喜欢你！

7

苏小小和许畅在一起了，三天后，我才知道这个消息。

是许畅对苏小小表白了。那天在酒吧的人都见证了这感人的一幕。

其实，苏小小去酒吧陪许畅的第一天，许畅就知道了。因为酒吧里的人很少会点周杰伦的歌。许畅相信，苏小小一定坐在某个角落，只是她不愿意被自己看到。

一周、两周、三周……苏小小一连陪着许畅在酒吧待了八个周末。

也就是说，这八个周末，苏小小只做了一件事——听许畅唱歌。

第九周，当许畅再次在歌单上看到周杰伦的名字时，他知道，苏小小又来了。

许畅在唱周杰伦的歌之前，停顿了片刻，他拿起话筒，伴随着忽闪忽灭的灯光，说了这么一段话：

“有一个女孩儿，据说她从小就喜欢听周杰伦的歌。初中一年级的时候她许愿，一定要找个会唱歌的男朋友，后来她觉得她遇到了。有一个男生，在学校的歌唱比赛中，因为唱了一首周杰伦的歌而得了冠军，她喜欢上了这个男生。为此，她做了许多疯狂的事，可男生并没有答应她。直到男生发现，女孩儿一直在某个看不见的角落陪着自己时，男生决定，向她表白。亲爱的姑娘，如果你愿意的话，那么，在我唱完下面这首歌时，我希望你能出现在我的面前。周杰伦的《给我一首歌的时间》送给大家，也送给那个女孩儿。”

苏小小坐在角落里，听着许畅的告白，泪流满面。这个惊喜太过突然，突然到毫无真实感。

音乐响起，酒吧里的人都跟着唱了起来，苏小小拭去眼泪，随着大家一起唱。她已默默决定，歌曲结束时，走到许畅的面前。

音乐停了，许多人注视着一个女孩儿，缓缓走到前面。

她站到许畅面前时，许畅说：“今天，不是你追我，而是，我追你。你愿意和我在一起吗？”

台下的人跟着起哄，苏小小在嘈杂的起哄声中说了句：“我愿意。”

酒吧的气氛瞬间达到了高潮。

苏小小和许畅在一起的消息很快在校园贴吧传开了。苏小小再次成为关注的焦点，她同时也成了别人羡慕的对象。

三天后，苏小小才把这个消息告诉了我，我估计是最晚知道这件事的人。但没关系，我为她高兴，并祝福她。

“我不想让错过成为过错，我只想为你唱一辈子的歌。”

8

苏小小曾说有了男朋友之后，会补偿我因请她吃饭而流过的“血”，她果然没有食言。我跟着许畅和苏小小，从南吃到北，几乎吃遍了整个大学城。

一天晚上，我在寝室休息，突然接到了苏小小的视频聊天，接通后，画面一阵混乱。

视频中的苏小小很兴奋：“我正在周杰伦的演唱会现场，太刺激啦！”

她又把镜头对准舞台，周杰伦在舞台上欢歌畅舞，歌迷们的热情一度盖过了他的歌声。

苏小小说：“是许畅陪我来的，我好开心呀。”

她和许畅一起出现在了视频中，许畅向我打招呼，我向许畅示意。

挂了视频，我感慨，苏小小终于找到了一个不仅会唱歌，还可以陪她做任何事的男朋友。

2017年夏天，苏小小大学毕业。

分别前的最后一顿饭上，苏小小说，她要陪许畅去北京进修音乐了，因为许畅想参加大型音乐比赛。

我问苏小小：“许畅准备参加啥比赛？”

苏小小说：“《快乐男声》。”

我端起酒杯，预祝许畅一切顺利。

最近一次看到许畅和苏小小，是她发在朋友圈的一段视频。那是《快乐男声》的海选现场，许畅抱着一把吉他，站在舞台中央，开唱前他说："今天，我想唱一首我自己写的歌。这首歌我想送给一个人，她是我的女朋友，她叫苏小小。没有她的陪伴和鼓励，我不可能站在这里，所以，我想对她说一声，'谢谢你。'"

视频的最后，是苏小小的啜泣。

苏小小是幸运的。她知道自己想要什么样的爱，她敢去为了爱而放下自尊，她懂得陪伴对一个人的意义。所以，最后，她得到了爱。

爱一个人是冲动，也是冲动过后不轻言放弃的坚持。懂得珍惜对感情的付出，便不会轻易动感情。只待某一时刻到来，心中的爱倾泻而出。我把爱全部给了你，没有你，我就失去了爱的动力。所以，哪怕你说我疯狂又固执，我也要留在你身边。

人生幸事，最难得"珍惜"二字。

9

许畅唱起了他为苏小小写的歌：

那个夏天，浮云遍际

雨露为和，风飘万里

我在路口，与你相遇

你轻轻一笑，掠走我的心绪

我愿为你，为你疯狂

狂风暴雨，也无法阻挡

夜驱走光芒

霜藏了足迹

风卷走残云

雨抹去记忆

世间的一切，都有了秘密

而我只愿

为你而歌

为你而泣

给你的爱
一直很安静

我们来到走过很多次的餐厅楼梯上，一排排地站好。

阳光很好，清风托着白云，自在地飘浮。蔚蓝的天空悲伤地映着大地。

不远处脖子上挂着个相机的摄影师，双手左右摇摆，指挥着眼前的几十号人排好队形。我向摄影师身后更远的地方望去，草坪里的花全部盛开，紫蓝色的飞燕草散发着满是绿意的清香，阳光洒下来，像极了我此刻的心情。

前面的几个同学在喊着："站好队，站好队！"我站在最高的一排，看着人潮涌动的队伍，不知为何，心里平静了很多。

学士服很大，有点儿不合身，随风飘动，但为了能穿上它，我们奋斗了四年。想想这四年的经历，我不由得露出了会心的微笑。这时，摄影师恰巧喊：“三、二、一，茄子。”快门响起，我的这个笑容，定格在了毕业照里。

我坐在刚收拾好的出租房内，拿着到手好几天却没来得及细看的毕业照，回忆着拍照时的场景。我看到那个自己认为很美的笑容，又大笑了几声，心想，当时笑得太傻，不敢再直视。

我看了看其他人的表情，好在他们也没比我好到哪儿去，顿时觉得轻松了许多，心里怕被别人说成傻子的念头顷刻消失了。当我看到女生第二排右边第四个面孔时，内心再次陷入沉思。我看了她一会儿后，拉开抽屉，把照片压在报纸和杂志的下面，缓缓地关上了抽屉。

我起身，透过窗看着外面的一切，夕阳如血般照耀着早已破落不堪的城中村，泥泞的道路、斑驳的墙壁，此刻竟成了一幅独具特色的画。如若可能，它也只能出自毕加索之手，我心里这样想。

而我，就要在这个如画的地方，住上一段时间了。

同居的舍友估计明天才会搬来，今夜，我注定要一个人沉睡在这如画如诗的景色里。

夜色降临，我竟没了睡意。我想起了照片中那个散着头发的女生，我想，此后，在我的记忆里，她可能永远都是那个样子了。

我准备伴着月光，走马观花地将我的青春回忆一遍，然后，就此作别。

当然，重要的地方，或许会观很多遍，权当写给回忆的信。

就从你初次闯入我的生命开始吧。或者，是我闯入了你的生命。

大学的第一次聚餐，你坐在我的对面。

那是个热闹的场面，我们本不相识，可又想打破这样的寂静，一个女生就端起了杯饮料敬大家。我们全部起立，碰杯，饮料洒在了一盘黄瓜上，引起一阵笑声。现在想想，还是觉得只有你的笑最美。

席间其他桌的同学过来敬酒，为了表现得热情一些，故意把嗓门提得很高，估计比珠穆朗玛峰矮那么一点儿，可也足够雷人。你坐在一旁，默默地看着，不时露出微笑，又觉得有些失态，便用手遮了遮。你的长发就那样散着在肩上，头稍微一动，它们就随着飘荡，而你则会用手把它们重新捋顺，安静地坐在那里。

酒过三巡，有人提议各自做一下自我介绍，到你时，你似乎有些紧张，声音很小，话也不多，除了叫什么名字、来自哪里，几乎没说其他的话，但我还是把你的名字记在了心里。

聚餐临近结束时，似乎我们从此便成了朋友，再次以碰杯的形式给这次聚餐作结。走时我们依然恋恋不舍，似乎只有说上句“晚安”“回见”才觉得礼貌些。而你仍然那么安静地站在人群中，不显眼，不张扬，似乎转眼就能把你从记忆里抹去。

现在，我觉得青春里没有爱情，只有冲动，而且还是那种见一面就想把人攥在手里永不松开的冲动。

说这样的冲动是魔鬼，我绝对赞成。

我喜欢上你了吗？

应该还没有，至少，还没到时候。

可我却在心底为你留了个位置。

那顿饭让一些人互相认识了。为了保持联络，每个人都留下了自己的联系方式，但不知为何，在微信盛行的年代，我们还是留给了对方QQ号。只能说，这是很长时间以来养成的习惯。QQ帮我们养成了这样的习惯，却又试图让我们改变。就像当你习惯了爱一个人的方式，他却让你重新开始，你当然可以重新开始，可习惯还是会占据你的行为，最起码，是在起初的时候。

顺其自然地，我们也成了好友，纵使我不知道你是否乐意。

其实想想，我还是很想笑自己，因为几乎我们所有的对话，都是从对话框里发出的。

我还是慢慢了解了你的生活，我不知自己是否真正了解了你，我只知道，你很努力，课余时间又学了一门外语——韩语。那时的我竟然傻到问你“欧巴[①]”的意思，和你聊天，我也卖弄起了韩语，你惊讶，问我怎么也会用韩语。我故意卖关子，笑着回答说：“你猜。”还加了个偷笑的表情。你竟然当我真的懂了韩文，发给我一大串韩语，我瞬间凌乱了，焦急地问你是什么意思，你却只笑不说话，最后说了句：“你不是能看懂韩语吗？”我苦笑，我哪懂什么韩语，只不过用了个有道词典而已啊。

其实，我曾在翻译栏上输入过“我喜欢你”这几个字，只是没勇

① 韩语“哥哥”的谐音。

气发给你。

我相信，你一定能看懂——나너좋아해[1]。

第一次坐在你身边，全托了你室友的福，要不是她逃课走了，我怎么会有机会呢？也就是在那时，我才第一次认真地观察了你。我发现你爱笑，而且笑起来还有酒窝，比远距离看朦胧的你的笑容时更美。你有些不自在，问我："你看什么呢？"我把目光从你的脸庞抽离，心跳得厉害，声音发颤，说："没什么，没什么……"那一刻，我似乎觉得，微风透过窗吹进了我的心里。我用力吸了两口气，感受微风带来的甜蜜。

课间你掏出手机看起了电视剧。我问你看的什么，你告诉我是韩剧。我向来对偶像剧不感兴趣，无论中国的还是韩国的，于是反问你："你怎么喜欢看韩剧啊？"你似乎有些不耐烦："练习韩语啊！"我恍然大悟。

可我扫了一眼手机屏幕，瞬间觉得哪里有些不对劲，再看一眼终于明白了，惊讶并且疑惑地问："你看着汉语字幕练习韩语啊？！"你笑了，或许是我说出了你内心想掩饰的真相，想看偶像剧就看嘛。不过想想，你的那个理由真的很冠冕堂皇，乍一听，瞬间对你的好感度提高了很多呢。

离你那么近，这是我记忆里仅有的一次。

---

① 韩语，意思是"我喜欢你"。

《左耳》上映后，班里组织了一次集体观影。在离校不远的电影院，我们包场看了电影。生平第一次进电影院，和你，还捎带了几十号同学。

电影院空荡荡的房间里，瞬间涌入了几十号人，很快填满了座位。为了增进男女生的交流，营造一起看爱情片的氛围，男生一排女生一排错开地坐着。而我的左前方便是那个依然散着头发的你。电影开始前，大屏幕上播着广告，很多人在看屏幕，而我只望着你陌生又熟悉的背影。那时我在想，要是能一直这样默默地注视着你该有多好。

突然间，灯灭了，你消失在无边的黑暗里，我一时失去了方向。耳边响起了熟悉的中国电影制片厂的背景音乐，我知道电影要开始了。我不知道电影里会上演什么样的爱情，我只觉得，所有电影里的青春都不是我们的青春，所有伟大的爱情都只存在于电影里。就如，我爱你，只能默默地爱着你。而电影里的爱，却总是那么轰轰烈烈。“爱对了是爱情，爱错了是青春。”黎吧啦说这句话的时候，对未来充满了无畏的预测。

可我的爱情，无论对错，似乎终究只能成为回忆。

黎吧啦为了不分对错的爱情，消失在了那个飘着大雨的绝望的时空里。很多女生流泪了，很多男生沉默了，我们都在惋惜黎吧啦的离开，为她凄惨的爱情结局而悲伤，可最终，再伟大的爱情都变成了不愿回忆的过往，没有谁对谁错。

我不想向你诉说任何心迹，我只愿这样默默地爱着你。没有说透就不会有失望。在我的头脑中，我幻想了所有的美好，所有的美好都在向我招手。

走出电影院的那一刻，我看见你沉思的表情，心生怜悯。我想，你也为黎吧啦流泪了吧。遥远的天际滚起了绯红的云，鸟从中疾驰穿过，像浴火重生的凤凰。我再次看向你，夕阳的红光已经照得你的脸颊泛红。似乎有些灼热，你用手轻轻地在双颊上搓了搓，可却变得更红了。

有人提议："我们就这样走回学校吧，反正也没什么事。"

随即大家的附和声也来了："好！"

就这样，一群人没有任何计划，开始时还有些无序地踏上了返校的路途。

我从未感受过如此炽热的斜阳，每个人的右脸颊都被晒得红润润的，可一路的欢声笑语却掩盖了疲倦。女生走在前面，男生走在后面，在男女交接的地方，嘈杂声一片。每个人都很昂扬，诉说着不冷不热的话语，有些沉稳，有些激烈，有些慷慨，有些低昂。

可我唯独没有听见那熟悉的声波。

一路上，你除了偶尔和宿舍的女生窃窃私语几句，便一直沉默着。看着你沉默，我的话也不多了。

我听到有人在讨论电影的剧情：

"我还以为《左耳》讲的是女主角的爱情故事呢，谁知道最凄惨的爱情竟然是女二号的！"

"黎吧啦太惨了，陷入三角恋无法自拔。"

"什么啊，我觉得许弋爱的还是她，那个富家女真的一点儿都不好耶。"

“是啊是啊，你说我什么时候也能经历一次这样跌宕起伏的爱情啊！”

“你啊？做梦去吧。”

随后是一阵肆无忌惮的笑声。

到学校的时候，天已经黑了。男女生宿舍原本是两个相反的方向，可男生们一致决定先送女生平安地回到宿舍。于是一群人又吵吵闹闹地朝着女生宿舍走去。不明真相的学生估计会被这一阵势吓到，我们怕女生遭遇劫匪，但却没有想过别人会不会把我们当成劫匪。

一群男生站在女生宿舍门口，恭送女生上楼。女生们也很感谢我们充当护花使者的行为，在表述了足够的感激之后兴奋地上楼了。女生都上楼以后，我们还在那儿站着，搞得像准备表白似的，眼看看热闹的人越聚越多，我们赶紧拔腿撤退了。

我望向你进入的那栋楼的高处，不知你会在哪层哪间宿舍住着，可我希望你也能恰好站在窗前，看见我。

我听到有人大喊：“看什么看啊！臭流氓！”

那夜之后，我很久没再见过你。

过了许多天，你的空间终于有了动态，一句话：不敢也不想去面对，甚至连哭的力气都没有，我该怎么办？

看到这些，我终于明白了你消失不见的原因，但我只在评论里淡淡地说：坚强些。

不能陪你坚强，不想让你伤心，世事总很无常，前方还有希望。

你回：嗯。

如果我的话语能让时光静止，我宁可为你不再停歇。

流年似水，世事如沙。世间所有的生命堆积在一起，才能让时光看似停住了脚步，但我们只是其中的一粒尘埃，怎能留住奔流不息的光阴呢？

我曾问过你："考研吗？"

你说："还不确定，应该会吧。"

最后的选择却只剩了一个字：会。

我没有这样的打算，从开始就没有。在有限的时间里，我考了所有该考的证。计算机二级、英语四级、银行从业资格证，等等。我还高估了自己的能力，考了英语六级，可是没通过。

你的成绩很好。我是复读了一年高三才考上这所大学的。我问你有没有复读，可问过之后我就后悔了。因为你说："我要是复读的话，肯定受不了的，我是绝不会复读的！"谈到高考成绩的时候，我得意扬扬地说："我可比你高一分呢。"不知我的优越感从何而来。

临近毕业，我拿着废了九牛二虎之力考到的各种证件，开始了艰辛的找工作历程，投了数不清的简历，却鲜有回音。有时也会疲惫，可每当我遇到挫折时便会想到你。我会对自己说，或许此刻，你还在为一道解不出来的数学题烦忧，每晚熬到深夜，又不得不早起背单词。你同样很辛苦。

后来的课你就很少来了，你和大多数考研的同学一样，为了更好地学习，在外面租了房子。我想，在即将结束的学生时代里，不知能否再见到你。

我记得那个冬天，寒冷来的格外早，秋风扫落最后一片叶子的同时，也带来了许多片凋零的雪花。

我终于收到了一份面试通知，我想，我一定要把握好这次机会。为了这次面试，我买了身西装，把自己打扮得光鲜亮丽，照镜子时差点儿认不出自己。

走出办公室的那一刻，我内心想着一个问题，不知你的考试是否顺利，我想对你说，我面试成功了。我想和人分享这份喜悦时，只想到了你。

你成功了。

散伙前的最后一顿饭，全班同学又坐在了一起。我终于看见了久未谋面的你。你没有什么变化，就是看着憔悴了不少。不知你为考研付出了多大的努力。你还是散着头发，四年以来，你一直都是这个发型。我想起你最初换这个发型时发表在QQ的状态：换个发型，换种心情。

不知将要赴异地读硕士研究生的你会不会再换发型。我在心里想，短发的你一定也很好看。

离别饭吃得并没有那么伤感，男生女生叫喊着谁和谁最后会走到一起，还拉着班长向学习委员表白，我一下子得到启发了，内心突然有一种冲动，想大声对你说“我爱你”。我看着你，蠢蠢欲动。

可你没给我机会。

你中途离场了，你说：“对不住大家，我得先走了，我男朋友来接我了。”

大家都望向门外，只见一个风度翩翩、开着豪车的男子走到了你的身旁，你和他挽着手走了出去。

每个人都惊讶,平日里言语不多的你,竟找了个那么帅气的男朋友，在女生们的尖叫和羡慕声中，我们看着你坐进车里，疾速离开了。

我看着渐行渐远的车子，内心没有太多波澜，我真应该感谢你，如果我说出了那些话，便不知要如何收场了。我掏出手机，给你发了一条消息：祝贺你考研成功。

很快你就回了：谢谢。

我低下头，快速抹去眼角将要流下的泪水。

夜深了，我独自一人坐在出租房内，看着外面璀璨的夜空，内心多少有些凄凉。那些闪烁的星星似乎在转动，它们绘制出了我心中一个熟悉的面孔，她有着一头散着的长发、爱笑的眼睛、绯红的面颊。我望着星空，慢慢地进入了梦乡。

我似乎做了个梦，在梦里，我看见她在我面前奔跑，时不时回过头，冲我露出明媚的笑容，伸出双手，等着我追上她。

可我怎么追都追不上，她一直和我保持着不变的距离。我伸手，却只能眼睁睁地看着她的双手落入别人的掌心。

我多想抓住那双手。

春暖花在开，
我在等你来

一生太短，只够爱一个人／沧桑走遍，到你身边／
火锅爱情／十分爱情／祸乱时期的爱情

Chapter

2

一生太短，只够爱一个人

1

大三那年国庆节，林灏和大威回了家，寝室里只剩下了我和星光两人。百无聊赖之中，我们决定去旅游。

我俩连夜研究了下路线，又把兜里的钱掏出来数了数，感叹：这点儿钱，跑不了多远的。

于是我们商议，去离郑州不远的洛阳龙门石窟玩耍。

收拾行李的时候，我对星光说："我俩也过了回二人世界啊。"

原本以为我们可以顺顺当当出发去旅游，可临行前一天，星光突然接到他女朋友攀攀打来的电话，攀攀说她要去找实习单位，想让星光陪着她。

星光残忍地抛弃了我，改签了火车票，一头扎进了攀攀的城市。

被放鸽子的感觉虽然不爽，但我并没有因此取消行程。我依然决定完成这趟旅行。背着行囊，我一个人踏上了去往龙门的火车。

2

坐上火车后我才知道，假期出去旅游是多么愚蠢的一件事。站在火车的过道上，我感觉自己快要被挤上天了。经过近四个小时的长途跋涉，我终于来到了龙门石窟景区。

这是我第一次来龙门石窟，比在照片上看壮观多了。

整座山都是密密麻麻的佛洞，看得我流连忘返，不禁感慨起古人令人惊叹的智慧来。

走了许久，终于来到了主佛。我被那一尊巨大无比的佛像震惊，更觉古人的智慧简直不可捉摸。

游人们纷纷拿出各式各样的设备拍照留念，照相机、手机、平板电脑，能拍照的都用上了。

我来的匆忙，除了手机什么都没带。给大佛拍了几张照片后，我准备离开，给后来人让位置。

就在我转身准备走的时候，一个声音叫住了我："帅哥，帮忙拍张照片吧？"

我回头一看，一个轻盈的女孩儿出现在了我的眼前，她那头靓丽的长发吸引了我的注意。我笑眯眯地说："把那个帅字去掉，叫我哥就行。"随后接过手机，准备给她拍照。

拍完后，她说了声谢谢，顺手从我手里接过手机。

我发现她好像是一个人来的，突然感觉自己遇到了同道中人，便问她：“你是一个人来的吗？”

女孩儿抬头看了看我，笑了笑说：“是啊。”

我高兴地回答：“真巧，我也是一个人来的呢。”

我接着又问：“你是从哪里来的？”

女孩儿说：“郑州。”

我又高兴地回答：“真巧，我也是从郑州来的呢。”

听完我的回答，女孩儿笑笑说：“我们还挺有缘分的嘛。”

我陪着女孩儿看完了最后一小段石窟，下山时，我问她为什么一个人来这里。

女孩儿说：“我来寻找以前的记忆。”

我迟疑：“记忆？”

女孩儿说了句：“嗯，和我前男友的。”

我惊奇地问：“这么说，你是个有故事的女同学了？”

女孩儿微微一笑：“算是吧。”

我兴奋地说：“快给我讲讲你的故事吧，我最喜欢听别人讲故事了。”

石窟对面的河上，有供游人游玩的客船，每人六十块钱。我买了两张票，邀请女孩儿上船观景，并给我讲故事。

女孩儿答应了。

坐上船之后女孩儿对我说：“我叫林琳，你呢？”

我说：“你就叫我瓯南吧。”

下面的故事，是林琳讲给我的，她和男朋友陈浩的故事。

3

大二时，林琳和陈浩相识于学校举行的一场春季运动会。

当时，林琳是生活部部长，陈浩是体育部部长。运动会那几天，两人共同负责检录。

两个人是初次见面，在一起工作的这几天，合作得很愉快，正应了那句“男女搭配，干活不累”的俗语。

运动会期间，陈浩作为体育部部长，参加了男子五千米长跑。陈浩比赛时，作为刚认识的小伙伴，林琳兴奋地在操场上为他加油助威。最终，陈浩获得了第一名。

运动会后的庆功宴上，陈浩向林琳告白。林琳没有犹豫，接受了。

林琳说：“他向我表白的时候，我很惊讶，觉得一点儿都不真实。但不知怎么，自己就那样答应了。”

这是林琳第一次恋爱。

我不知这世界上的最美，因为你还未出现在我的生命里。我不去想象未来会是什么样，因为有你在我身旁，一切都不必太着急。如果我能对这个世界说一句话，我想那一定会是：你看，上天安排我在这儿等你。

林琳觉得，她似乎找到了自己的人生伴侣。

和陈浩在一起后，林琳发现陈浩特别喜欢做一件事情——旅行。

陈浩曾深情地对她说：“我终于找到了一个能陪着自己去旅行的人。”

大学的最后两年，陈浩和林琳的足迹遍布从黑龙江到海南、两点连成的线之间的每一个重要的城市。他们共同感受过黑龙江寒冷的冬天，顶着北京的雾霾看过天安门升国旗，去过曲阜的孔庙拜谒孔子，在黄山的山顶看过清晨五点的日出，在金鞭溪的水里洗过脚，最后躺在海南的沙滩上，共同勾勒美好的未来。

林琳对我说：“当陈浩带着我走过那么多地方之后，我才发现自己从前的生活是那么枯燥无味。他带给了我一个不一样的世界。我的青春里最值得纪念的事，就是在最美的年华遇见了最美的他。”

林琳告诉我，在她的记忆中深藏着一件让她很感动的事。

大三那年的迎新晚会，陈浩有一个表演节目。坐在观众席中的林琳，急切地期待着陈浩的表演。

终于等到陈浩出来了，林琳挥舞着手中的荧光棒，伴随着陈浩歌声的节奏，“左手、右手一个慢动作”。

林琳第一次知道，原来陈浩唱歌这么好听。

歌曲接近尾声，林琳正准备为陈浩鼓掌、欢呼呐喊的时候，演播室内突然响起了她的名字。

陈浩后面的大屏幕上出现了他俩的照片。那是一个视频，记录着他们两个在一起后的点点滴滴。林琳看着那些照片，感动得不能自已。随后，音乐响起，接着，是陈浩深情的告白。

林琳被突然出现的一幕吓到了，林琳说，那一刻她是这个世界上最幸福的人。

林琳走上舞台，在一群学弟学妹们的起哄声中，两人拥抱在了一起。

这个世界并不是每天都会有朝阳，但我希望你永远都能陪在我身旁。

4

大四那年，林琳决定考研。陈浩说："你考吧，我去找份工作，挣钱养你。"

说起来，幸福其实也很简单，你躺在家里什么都不用管，我负责让你幸福到永远。林琳十分安心地去准备考研了。

就这样，林琳在学校备考，陈浩租房子在外面工作。周末，两人会在狭小的出租屋里见面。

躺在陈浩的怀里，林琳问他："将来你会娶我吗？"

陈浩说："此生我非你不娶。"

林琳说："好，那我不嫁了，你就当一辈子光棍吧。"气急败坏的陈浩翻身将林琳裹进了被窝。

林琳说她最享受的，还是在校园里的时光。工作后的陈浩，压力越来越大，脾气越来越不好。

林琳每次去看他，基本上都会是一阵争吵。

林琳每次回去，基本上都带着一肚子气。

林琳无法忍受，最后干脆不去了。

林琳消失在了陈浩的生活里。

一个多月的时间，陈浩都没有去学校找过她，只是偶尔打打电话，说两句就挂。

后来林琳忍不住了，决定周末去找陈浩。

林琳说："其实我不该去的。"

林琳来到陈浩的出租屋，房门锁得死死的。她掏出陈浩给她的备用钥匙，打开了门。

推开门走进去，林琳隐约听到房间内传出阵阵女人的声音。她反应了下，一脚踹开了屋门。

林琳被眼前的一幕惊呆了。

她随手抓起身旁的东西砸向陈浩，然后转身跑了出去。跑出房门的瞬间，林琳的眼中泪水泛滥。

5

回到学校后，林琳一个人坐在操场哭了很久。那些曾经许下的美好诺言，都成了此时堵在心里的羁绊。她不敢回想她看到的那一幕。

她甚至不愿相信那是真的。

林琳对我说："直到那一刻我才醒悟，所谓的爱情，不过是男人用来哄骗女人的工具罢了。"

我苦笑："你说这话未免太夸张了吧。"

林琳没有说话。

为了缓解尴尬，我又问她："后来呢？"

林琳说："后来我原谅他了。"

我有点儿怀疑她是不是忘了自己刚说过的那句话了。

我问："为什么？"

林琳说："我想给自己一个机会。人性这东西，我琢磨不透。可我发现即便他做了对不起我的事，我的内心依然有着强烈的渴望，渴望他的归来。所以，他跪在我面前哭着喊着向我认错的时候，我的心一下子就软了。"

我带着不解问："他出轨的那个女人是谁？"

林琳说："是他公司的同事。他答应我会换一份工作。"

这件事情过去后，林琳和陈浩的关系暂时平静了下来。

陈浩开始对林琳唯唯诺诺，不敢再冲她发脾气，每天都会打电话问候她，一有空就会来学校找她。

林琳突然觉得，或许自己选择原谅是对的。

直到林琳在自习室突然晕倒被同学送到医院。

6

从医院回到学校后，林琳选择了与陈浩分手。

我问她："为什么分手？"

林琳说："因为我厌倦了。"

陈浩刚开始不同意和林琳分手，他也想知道分手的原因。

林琳说："我不爱你了。我原谅你只是因为我对你还存有一丝过去的记忆，但这点儿记忆现在已经用完了，我已经没有爱你的动力了。"

陈浩纠缠了一段时间，见林琳没有改变主意的想法，也就逐渐淡出了林琳的生活。

林琳突然不准备考研了。

她选择了休学。她说："是时候了，应该过自己想要的生活了。"

我问她："你想要的生活是什么？"

她说她也不知道，但她就是想去尝试一下，"试过才会不留遗憾，不是吗？"

她把我问得一头雾水。

后来林琳开始了追寻记忆的行程。

她把她曾和陈浩走过的地方，又独自一人走了一遍。她想复制曾经的每一个脚印、每一道风景。

她独自站在曾经与陈浩合影的地方，请别人帮忙，拍下了一个人的照片。

直到她来到龙门石窟，遇上了我。

我问她："那你还会继续往南走吗？"

她回答得很干脆："当然。如果有可能，我会把每一座城市都重新走一遍。等我到了海南，我就在沙滩上抹去我们曾经留在那里的誓言。"

我说："你这样做是不是有些决绝了？"

林琳笑了笑，没有回答。

船快到终点时，我问她："你不打算再来一场恋爱了吗？或许下一场恋爱会改变你的一些看法。"

林琳没有说话。

上岸后，她说："今天很高兴遇见你，我要赶往下一个城市了。"

走了几步，她又转过身，对我说："接下来的时间，我不打算再谈恋爱了。因为，一生太短，只够爱一个人。"说着，她用双手抚弄自己的头发。我以为她是想在分别时给我留下一个美好的印象，但我没想到的是，那一头乌黑靓丽的秀发竟然轻易地被她扯下来了。我不敢相信自己的眼睛。

当她以光头的形象站在我面前时，我似乎明白了什么。

然后，她在众人惊讶的目光中，重新戴好假发，冲我微微一笑，说了句"后会无期"，转身消失在了熙攘的人群里。

7

回去的路上，我一直在想，和我交谈了一路的林琳，该不会是个癌症患者吧？

我脑补了下面的这些情节。

林琳昏倒住进医院后，被诊断为癌症晚期。她醒来后医生告诉她这个结果，虽然一时无法接受，但她还是拾回了镇定，并做出了一些决定。

她决定与陈浩分手。

我想，她一定是不想让陈浩知道自己得了癌症，才这么做的。

反正最后都避免不了要生离死别，与其让他那个时候伤心欲绝，不如走得洒脱一点儿。一个人时，或许更能从容地面对与死亡有关的一切问题。

我很想问林琳："是这样吗？"

但不知此时的她身在何方，又会遇见什么样的人，把她的故事讲给多少人听。

8

其实这世界上所有的美好爱情，都只是美好的回忆。

当一个人出现在你的生命里，不知你会怎样去珍惜。

犯错了？没关系，我原谅你。我爱的不是那个完美的你，而是一个会犯错的完整的你。

这个世界上没有什么比和你在一起更有意义，我希望可以一直陪着你。但如果有一天，我突然离开了你，请你记住，不是我不爱你，只是现实不允许。

希望你的一生不短，也只去爱一个人。

沧桑走遍，到你身边

请多给我一些时间，我想把所有的沧桑走遍，再来到你的身边。

1

2016年的夏天，我在一家银行实习。

银行刚开始营业不久，每天基本没什么客户。大多数时间，我都同阿典躲在角落闲谈。

阿典这人幽默感十足，每次都能让我不顾一切地开怀大笑，然后等来经理一顿训斥，他趁机灰溜溜地逃跑。

阿典比我早一个星期到银行，当我第一天背着双肩包，穿着短裤、运动鞋、白T恤推开银行的门报到的时候，他见我的第一面，就没忍住笑了起来。

我报到时，银行刚开始营业，还没什么人。经理一见我，就领着我去认识大家。我来之前，阿典是这里最小的，他们亲切地称呼阿典为小典。我也不例外，成了他们口中的小南。

银行就我俩是实习生，所以我们常待在一起，有什么活都一起干，偶尔也会一起偷懒。闲谈的多了，我才知道，原来阿典是从美国回来的，在美国读研究生，正儿八经的海归。

震惊之余我问他：“你在美国待得好好的，为什么要回来？”

阿典一脸惆怅地说：“为了茉莉。”

茉莉是阿典的女朋友。

2

一个无所事事的下午，我和阿典躲在办公室的角落，阿典将他与茉莉的故事，讲给了我。

是茉莉追的阿典。

大学时，阿典是校篮球队的队长。一米八五的身高，加上酷似李敏镐的英俊外表，每次打篮球，都会引来众多女生欢呼尖叫。但一直到大三，阿典还没有女朋友。

我问阿典为什么。阿典说：“没有找到自己喜欢的。”

“那后来又为何与茉莉在一起了？”

阿典害羞地说：“因为茉莉人很好。”

我：“……”

阿典说：“茉莉与其他女生不同，她从来没有去看过我打篮球。”

我疑惑：“那你们是怎么认识的？”

“茉莉曾亲口对我说：‘我只是在学校的一场晚会上，看到了抱着篮球在舞台上耍帅的你，心里萌生了一个想法：这个男孩儿有点儿酷。’”

说到这里，阿典笑了：“她追人的方式与众不同，别人对喜欢的人都是嘘寒问暖，她对喜欢的人是拳打脚踢。”

看着阿典，我魔怔了一会儿，脑补了一下他说的场景，心里登时一阵万马奔腾。

阿典抬头看了看天花板上的白炽灯，又看了看我，说：“可我就是喜欢她，没办法。”

一千个人眼里不仅有一千个哈姆雷特，还有一千种爱情，有些爱闹腾；有些爱安静。这万千世界，没有哪一种爱最好，遇见喜欢的你，才是最好。

3

阿典与茉莉在一起了。

没有轰轰烈烈的表白仪式，阿典陪茉莉看了场电影，电影散场，茉莉说：“要不，你做我男朋友吧？”

阿典愣了：“啊？”

茉莉瞪大双眼，怒气冲冲：“还要我再重复一遍吗？”

阿典直摇头："啊……不用不用，好啊好啊……"

我终于知道阿典一直没谈恋爱的原因了：阿典需要的，不是被人宠着的爱情，而是被人虐着的爱情。

从那天开始，阿典去打篮球，再没有同操场上为他扯着嗓子呐喊的女生暧昧过——怕被揍。

说来也怪，茉莉从没有想过去看阿典打篮球，他们俩的关系也只有极少数的人知道。茉莉心中似乎也无向别人炫耀自己找了个帅气男朋友的准备，大多数时间，她都是一个人。

她与阿典约定，每天晚上九点到十点，是两人见面的时间。

茉莉很忙，没时间陪阿典。

阿典很乖，从不缠着茉莉。

阿典说："我很欣赏茉莉这种独立的性格。"

我嘿嘿一笑："嗯，我也很欣赏你这种受虐的性格。"

阿典稍有尴尬："没你说的那么严重啦。"

聊了许久，还不知道茉莉长什么样，我问阿典："说了这么长时间，茉莉这个让你神魂颠倒的美女，到底长什么样啊？来张照片，我瞅瞅。"

阿典有些不乐意，说他不会轻易给别人看茉莉的照片。

我脸一黑："你让还是不让？"

这个时候，阿典的受虐心理起了很大的作用："好好好，今天对你破例一次。"

阿典掏出手机，翻出了茉莉的照片。

照片中的茉莉，抱着一只京巴犬，站在温暖的阳光下，长发飘飘，绚烂夺目。看着她清秀的面庞，我想起了一个叫徐若瑄的歌手。我问阿典：“茉莉是不是有点儿像徐若瑄？”

阿典说：“见过她的人都这么说。”

“你小子可以啊，找了个这么漂亮的女朋友。”

阿典得意地笑着说：“一般一般，全国第三。”

看他嘚瑟的样，我有种想抽他的冲动。

4

阿典和茉莉在一起的时候，已经是大三下学期了。

茉莉忙着找工作实习，忙着考证，忙着与这个世界亲密接触，她不想再读书了。

茉莉问阿典：“你毕业了准备干什么？”

阿典说：“读研究生。”

茉莉有些失落，沉默良久，还是鼓励了他：“那你好好努力，我挣钱养你啊。”

阿典笑了，犹豫几秒后，他说：“茉莉，我要去美国读研。”

茉莉满脸的惊讶，怯懦地问阿典：“怎么去那么远啊？”

阿典无奈地说：“这是我父母早就安排好的。”

阿典升入大学的时候，父母就为他做好了大学毕业去国外留学的规划。和茉莉在一起后，一想到这个问题，他就十分焦虑。他不知道如何向茉莉解释。

从他的衣着上看得出来，阿典其实是个“富二代”。

不仅富，还很帅，这点让人很无奈。

但阿典对感情专一，对茉莉忠贞不渝。他不想离开茉莉，却不得不服从父母的安排。

阿典说：“每个人都是走了很远的路，渡尽了沧桑，才遇到了那个相伴一生的人，就像我与茉莉。”

我笑他太煽情，却被他的真情感动。

在银行实习的那段时间，最让我难以忘怀的是银行的饭。

银行的餐厅在地下一层，每天到了饭点，我和阿典就屁颠屁颠地下楼吃饭。

时间久了，盛饭的大爷看见我俩，总是略带讥笑地说：“你俩每次都下来这么早，是看着秒针工作的吗？”

我俩嘿嘿一笑，说：“大爷，给我来点儿冬瓜排骨。”

银行的饭是真的好吃，每天都不重样，关键是还免费。

炖排骨、煲鸡、红烧鱼、红烧肉，真的是只有想不到，没有吃不到。每次下餐厅，食堂大爷总能带给我惊喜。

实习结束的时候，我称了称体重，瞬间想到了一句广告词：实习两个月，胖了十几斤。现在想起来银行的饭，我还口水直流。

阿典比我还没出息。

按理说，他一个“富二代”，什么没吃过？但他每次拿的都比我多。

西瓜是整盘整盘地端，米饭是一碗又一碗地盛，看得我都有些生气了，这么好的食物，吃不完不是暴殄天物吗？气得我站起来又去拿了两盘紫薯。

没想到，等我端着紫薯回来，阿典竟还一本正经地训斥我：“拿这么多，你吃得完吗？”

我被他问得一时语塞，不知如何组织语言去反驳。

待我气怔怔地坐下来，阿典又凑到我的耳边，小声说：“兄弟，刚才实在抱歉哈。紫薯你能不能先别吃了，我带走行不？”

我一惊，还有这种操作？反问他：“你没吃够啊？还要往家带？再说不能把食物带出餐厅，这可是规定啊！”

阿典的声音更低了：“我知道我知道，一会儿咱们偷偷装进袋子里。茉莉喜欢吃紫薯，我想带回去给她吃。”

我：“……”

饭还没吃完，我俩就把头伸进桌底，我撑着袋子，他端着盘子，将两盘上好的紫薯，装了起来。

我可怜的紫薯啊，我一个还没吃呢！

用这种方法，我俩偷了不少紫薯。

作孽啊。

5

阿典要去美国了。

走的时候，茉莉没有送他。

阿典走的那天，恰好赶上茉莉面试第一份工作，抽不出时间送他。茉莉在电话里对阿典说："一路平安，在那边注意安全。我等着你回来。"

话语间，透露着一丝不易觉察的倔强，依然是这么的平淡，让人有一种想要逃离的欲望。

阿典不这样想。

阿典说，这样的茉莉才能让他放心地去美国。他知道，茉莉遇事不慌不忙的性格，能让她处理好遇到的所有问题，即便是一个人。

刚上飞机，阿典就收到了茉莉发来的信息："我面试成功了，下周一开始正式上班，就是公司离住的地方有点儿远。"

阿典回："我就知道你会成功！如果实在太远了，你可以考虑换个近一点儿的地方。"

茉莉无奈："刚和房东签的合同，说好了最少租半年。先这么着吧，以后看情况再说。"

阿典睡了过去，醒来时飞机已经到了美国。

下了飞机，阿典不像想象中的那样兴奋，这已经不是他第一次来美国了。一个人的旅途，让他感觉孤独。阿典拉着行李箱走进宿舍的时候，他知道，他与茉莉真的分开了。

阿典和茉莉各自过上了彼此毫无关联的生活。

阿典还好，毕竟是身在国外读书，于周围人来说，他算个外国人。同学们多少对阿典会多些关心。茉莉就不同了，离开了校园，一个人奔波在繁忙的都市，早出晚归，奋不顾身。

城市最让人寒心的地方在于，它承认你不惜一切的努力，却不能在你失意时，给你些许安慰。茉莉每天都要花近三个小时，往返于工作和住所之间，风雨无阻。

阿典与茉莉，只有在聊天的时候，才有恋人的感觉。

有时候，阿典会十分兴奋地向茉莉诉说他在美国的见闻，茉莉有气无力地应着，一会儿就睡着了。

茉莉的工作并不轻松。

茉莉所在的公司是做活动策划的，每天都忙，周末更忙。公司规定，没有特别重要的事不能请假。有时一连十几天，茉莉都没有休息过。

阿典说，茉莉的工作很累，却从未向他抱怨过。但他能感觉到，每次两人聊天，茉莉都十分疲惫。阿典觉得自己辜负了茉莉，没能带给她安稳的生活。

阿典所能做的，是每到假期回国时，陪她一段时间。茉莉却没有时间陪他。每天都要到晚上八九点钟，茉莉才拖着疲惫的身子，出现在他的面前。遇上加班，茉莉回来得会更晚。

让茉莉感到温暖的，是晚上回到家看见一桌丰盛的晚餐。这个时候她就会暂时忘了所有的疲惫。

晚上，躺在床上，阿典抱着茉莉，问她："茉莉，我把你一个人丢在这里，你恨我吗？"

茉莉无力地说："不恨，生活本来就是这个样子的。"

生活应该是另一种样子，阿典默默地想。

6

阿典决定带茉莉去美国，是因为一个电话。

阿典的手机响了，是茉莉的手机号，却是一个憨厚的声音：“陈茉莉住院了，你是她男朋友吗？”

等阿典反应过来的时候，电话已经挂了。对方说了那么久，阿典只知道，茉莉住院了。

阿典不知道茉莉发生了什么事,但他知道,茉莉现在需要他在身边。

阿典连夜飞了回去。

在飞机上，他设想了一万种可能，见到茉莉后，只是默默流下了眼泪。茉莉的手臂，被纱布包裹着，他转身问警察：“发生了什么？”

警察说：“晚上十二点多我们接到报警，报案人说她遭遇了抢劫。我们赶来的时候，她已经在地上躺着了。”

茉莉醒来后和阿典说了她那晚的遭遇。

那天茉莉加完班，已经快十一点了。她坐车回家的时候，差点儿在车上睡着。她太累了。

茉莉走进那个她每天都要经过的小胡同时，心中隐隐有些害怕，总觉得有人在跟着她。正当她加快脚步往家赶时，从她的身后突然窜出一个人，夺了她的包就跑。茉莉手快，一把拽住包，将那人拉了回来。两人僵持了一会儿，歹徒拿出了匕首。

茉莉心中虽然十分紧张，但这时已经容不得她害怕了。她猛地抓住歹徒的手，两人厮打了起来。厮打中茉莉的手臂被划了一道很长的伤口。

歹徒还是抢了茉莉的包逃跑了。

茉莉躺在地上，用尽力气掏出手机，拨打了110后昏了过去。

再次醒来，她已经在医院了。

从医院出来后，阿典陪着茉莉去做了笔录。

走时，那个打电话给阿典的警察对他说："小伙子啊，以后你要保护好你的女朋友啊。工作太晚，你最好陪她一块儿回家。男人，就应该负起责任，你说对吧？"

阿典无地自容。

坐在昏暗的灯光下，阿典对我说："你不知道当我听到这些话时，我内心的愧疚感有多强烈。我想，既然茉莉选择了跟我在一起，我就不能再让她受苦。当时我就决定，我要带她去美国，和我一起生活。"

"所以，这次你是来接茉莉的？"

阿典点头："对，我在这儿实习的时间不长，再过几天，我们就要去美国了。"

"这么早？美国的大学开学都这么早？"

阿典笑了："不是的，我准备带茉莉在美国玩一玩，放松下。她太辛苦了。"

"祝你们幸福啊，能认识你这个'富二代'，听到你和茉莉的故事，我还是很幸运的。"

7

一周后，阿典离开了银行。

临走前，他送了我一枚一美分的硬币。我苦笑：“你好歹多送点儿啊，一美分，我能干吗？”

阿典不好意思地说：“我身上就剩这么个东西了，还是从美国回来的时候忘在兜里的。我就要走了，送给你做个纪念嘛。以后你看到它，不就能想到我了嘛。”

我将阿典送上出租车，又回到了银行。阿典走了，我们俩认识，只有不到二十天的时间，他却带给了我不一样的惊喜。我看了看手中的硬币，笑着放进了兜里。

阿典走后，我又在银行待了一个多月，八月底，我也要开学了，就结束了实习。

我收拾东西准备离开时，抽空刷了刷朋友圈，看到了阿典的动态，是他与茉莉的自拍。背后飘着几朵白云，天空蓝得不像话。我心想，美国的空气质量这么好？

我点了个赞，没有评论。

阿典倒没忘了我，等我再打开微信时，他给我发了个消息：“最近怎么样？”

我回：“还行还行，开学了，准备回学校。茉莉又变漂亮了啊！”

我能感觉到阿典在那头高兴得合不拢嘴。

8

我点开那条朋友圈，看着两张幸福的笑脸。不经意间，我看到了茉莉手臂上留下的伤疤，顿时心生感慨。

爱一个人，就好好爱。因为你不知道，他在找寻你的路上，浪费了多少时间。谁都不会有怨言，只是在接近终点时，怕自己还未准备好出现在你的面前，所以，慌乱中只能说：请多给我一些时间，我想把所有的沧桑走遍，再来到你的身边。

火锅爱情

我们都曾许下承诺，像漫天的蒲公英，热切地亲吻着微风。只是后来，大风忽起，吹散了彼此，再也找不到来时的路。时光会碾压记忆，岁月总不解人心。我爱你，就像我爱的酸菜鱼火锅。

1

在银行实习的时候，每逢周末，阿典总要带我去吃顿火锅。我从不拒绝，反正都是他请客。

我们常去的那家火锅店，餐桌设计得很有特色，有两人桌、三人桌、四人桌和多人桌，其中，两人桌又叫情侣桌，是专门为到店里吃饭的情侣提供的。我和阿典也是两个人，所以每次去都挑情侣桌。

去的次数多了，引来服务员异样的眼光，场面一度十分尴尬。但阿典不以为然，继续吃着火锅唱着歌，表情潇洒又快活。

情侣桌的数量不多，只有四个，每次我与阿典去吃火锅，想坐到靠近空调的位置时，总会发现同一个女生坐在那儿，一个人吃着火锅，玩着手机。阿典还很纳闷："怎么她吃火锅的频率与我俩的频率一样啊？"

我也觉得奇怪。

阿典走后，我一个人又去吃了顿火锅，照例又遇见了那个女孩儿。我一直觉得，她一定是个有故事的女同学，于是吃完火锅后，见她还未起身，我便鼓起勇气，坐到了她的对面。虽然内心知道，我是被女孩儿的姿色吸引过去的。

让我惊讶的是，女孩儿竟然没赶我走。

为了引开话题，我问她："你怎么总是一个人在这儿吃火锅啊？而且还老坐同一个位置！"

女孩儿只顾低头玩手机，没看我，回了句："你们不也是一直坐在我旁边吗？你男朋友今天没陪你吗？"

"那是我同事，不是什么男朋友……"

"哦，我还以为你们是情侣呢，误会了误会了……"

聊了这么长时间，女孩儿还没正眼看我一眼，一直在玩手机。我有些纳闷："你怎么一直都在玩手机啊，有什么好玩的？"

女孩儿依旧没抬头："和我男朋友聊天呢。"

我顿时无奈，原来她是有男朋友的。

2

连着在她对面坐了三次后，我终于与女孩儿熟络起来。女孩儿叫姚芊，刚毕业两年，在一家科技公司上班。

阿典走后，我一下变得百无聊赖。没人陪着偷懒就不说了，更糟糕的是，没人请我吃火锅了。烈日炙烤的夏季，高温把时间拉长了许多。为了消遣下班后的冗长时光，我决定请姚芊去吃火锅。

就这样，坐在我对面吃火锅的人，从阿典变成了姚芊。

每次吃火锅时，姚芊总喜欢低头玩手机，我对她的这个习惯十分不解。看不下去的时候，我就会让她把手机放下，她没一次听的。她怨恨地对我说："别打扰我陪男朋友聊天。"

我喃喃自语："你的男朋友，是在手机里吗？"

姚芊听见了，淡淡地说："他就在手机里。"

姚芊说完，我瞬间想到了曾经看过的一篇小说——《手机里的男朋友》，原来，现实中还真有例子啊。我在心里暗自发笑，没敢说出来。

自从认识了姚芊，我吃火锅的频率明显增多了。我发现，她太爱吃火锅了。姚芊说，她最爱吃的是酸菜鱼火锅。每次她吃火锅都要在碗里放许多醋，看得我酸水直流。

有天姚芊突然给我发消息说：“今天我请你吃火锅吧，本姑娘决定亲自下厨。下班后见啊。”

我还没来得及拒绝，姚芊又发了句：“你不能拒绝啊。”

就这样，威逼利诱着，我进了姚芊的家。

姚芊租的房子是老城区等待拆迁的居民楼，很旧，跺一脚恨不得能把墙皮震脱落。我跟着她走在大白天也黑漆漆的楼梯间，不由得心生恐惧。

我问她：“你怎么住这儿啊？一个人不害怕吗？”

姚芊说：“这儿马上就要拆迁了，房租便宜啊。我一个人住习惯了，也没什么怕不怕的。再说，胡同里还有条狗陪着我呢。”

我不得不佩服姚芊的勇气。

姚芊住在三楼，一间是厨房，一间是卧室。她打开卧室的电视机，递给我遥控器，说：“你先看着，我去厨房收拾下。”

我客气地问她：“要不要我帮忙？”

姚芊摆摆手，示意我继续看电视。

我环顾四周，大略看了下屋内的装饰，原本破旧的房屋被姚芊简单修饰之后，倒有了家的感觉。没过多久，姚芊过来招呼我端东西。在她的指挥下，我把锅、碗、菜、桌子、凳子一一搬进卧室，一切收拾好后，我们开始吃火锅。

我发现姚芊不仅喜欢吃火锅，做起火锅来也丝毫不差。我吃得津津有味，连连夸赞姚芊是个做饭的能手，谁能娶到她，那可是积了八辈子的德呀！

姚芊对我的这些赞美无动于衷，还是只顾低头玩手机。我一时没忍住，说了句：“你怎么又在玩手机？又和你男朋友聊天呢？”

姚芊默默点点头。

此刻，我对她的这位神秘男朋友充满了好奇：“你男朋友在哪儿啊？怎么不来找你？”

姚芊抬头看了看我，从她的眼神中我读到了一丝伤感，旋即又被她的声音打断：“他……他不在这儿，他在北京……”

“这么远，你怎么不去北京找他？”

“他很快就会回来的，他只是去北京出差了……”

我“哦”了声，恍恍惚惚地信了。

我离开时，天色已暗。姚芊要送我，我执意自己出了门。姚芊说：“你自己不害怕吧？”我笑了：“我一大老爷们，怎么可能会怕？”

她放心地关上了门，我壮着胆子下了楼梯。

快走出胡同时，突然一声狗叫，吓了我一跳。胡同里的那条狗恶狠狠地看着我，估计是看我面生，以为我是贼。我与狗对视了几秒，把它惹毛之前，拔腿跑到了大街上。

3

银行实习后期，每天来办理业务的客户多了起来。五点银行准时关门后，我们还要整理一天的客户资料，整理完资料，又要参加视频会议，那段时间的视频会议多得出奇，出了银行回家时，已经很晚了。

自从在姚芊那儿吃过火锅，我便没有再去过那家火锅店，与姚芊的联系也少了。姚芊偶尔会给我发个位置信息，告诉我她又去吃火锅了。

每日的加班生活让我多少有些疲惫,只想着能早些躺到床上休息。

实习结束前的最后一个周五，我收到了姚芊发来的短信：“周末有空没？我要搬家，过来帮帮我吧。”

第二天，我坐车赶到姚芊的住处。

“你怎么突然准备搬家了？”

姚芊说：“这儿马上就要拆了，我的租房合同也到期了，我又重新找了个地方。”

收拾东西的时候，我不小心碰倒了一个箱子，从里面掉出来了一沓照片。我捡起其中的一张，看了看，是个帅气的小伙。我问姚芊:“这是你男朋友吧？”

姚芊扭过头，看到我拿着照片，一阵惊慌，急忙从我手中夺走，将那一沓照片又重新装了回去。

我一脸惊讶地看着姚芊，不知说什么好。

良久，我轻声问她：“照片中的人，是你男朋友吗？”

姚芊没有说话，只是点头。

我不知道姚芊到底经历了什么。

将东西全部搬至新住处时，已接近中午十二点，阳光很毒，像要把整个世界蒸发了一样。姚芊很不好意思地说：“谢谢你帮忙，麻烦你了。”

我敞亮一笑：“不用跟我客气。”

我内心还是想问她关于她男朋友的事。但碍于情面，我忍住没问。

下楼简单吃了点儿东西后，我回去了。临走时对姚芊说：“有什么需要我帮忙的，你尽管说。我会第一时间赶过来。”

姚芊表示了感谢，站在路口送我。

我坐上出租车，看着路边站着的姚芊，像一株遭了霜打的茄子一样，憔悴不堪。

我还是觉得她内心藏着许多无法说出的故事。

我想倾听她的心绪，解开她心中的枷锁，但姚芊没有给我这个机会，我遗憾地离开了。

4

八月底，我回到了学校。

之后的很长一段时间，姚芊都没有与我联系。有时，我也会突然怀念起那些陪着她一起吃火锅的日子。虽然大多数时间她都在低头玩手机。

偶尔，我也会与室友们出去吃顿火锅，却没有了两个人吃火锅的悠闲。七八个人坐在一起，总是嘈杂的。

有好几次，我想拿起手机给姚芊发消息，犹豫许久，又选择了放弃。

国庆节假期的第六天，我从家回到了学校，躺在床上刚准备休息，突然收到了姚芊发来的短信：“好久不见，你能再陪我出来吃顿火锅吗？”

这次我没有再犹豫，回她：“好啊。”

我们约定还去那家火锅店。

见到姚芊的时候，已经是晚上八点了。她来的有些晚，看见我后露出浅浅的笑意。

酸菜鱼火锅我已经点好了，只等她来，开火，开吃。

一个多月没见，她似乎又憔悴了不少。

这次与以往不同的是，姚芊没有再玩手机，而是专心致志地和我一起吃起了火锅。我调侃她：“你怎么不陪男朋友聊天了？”

姚芊看了看我，没有说话，一脸的悲伤。

这顿火锅吃得并不愉快，我知道，她应该经历了什么事情。直到最后，她也没有说几句话。

走出火锅店，姚芊突然说：“你能不能陪我在外面走走？”

我点点头，却不知她要干什么。

我陪她走了很远的路，她一直沉默着。

走到一座桥上时，她停了下来，站在桥边，遥望河面上的万家灯火，良久，她开口说话了：“你说，我要是现在从这上面跳下去，会怎样？”她回头看着一脸错愕的我，笑了笑。

我一阵紧张，慌忙说：“你傻了吧，怎么会有这种想法？我告诉你啊，我可不会游泳，你千万别做傻事！”

她扑哧笑出了声：“你怎么这样可爱？”

又是一阵沉默后，姚芊说：“你经历过刻骨铭心的爱情吗？”

我说没有。

她像是自言自语："我一直在等你，你为何不回来？你忘了当初是怎么答应我的了吗？"

我没有打断她的话，只想做一个若有若无的倾听者。

"一年半了，时间就这么过去了，像流水一样过去了。我不知道该怎样做，我不知度过了多少个失眠的夜晚，流了多少悲伤的泪水。你能告诉我，该怎样做吗？"

姚芊抬头看了看远处的月亮，我也跟着她的目光向远处望。今晚月亮不圆，却很亮，照得姚芊的面孔是那样的恬静。

十月的夜晚，已经有些凉意了。看着姚芊单薄的身影，怕她受凉，我便脱下外套，准备披在她身上。

我刚把外套放在姚芊的肩上，她一转身，猛地抱住了我，号啕大哭，让我有些措手不及。姚芊大喊着："我撑不下去了！"

寂静的夜，被哭声掩埋。

5

原来，姚芊的男朋友已经在一年半之前，因意外去世了。

姚芊说，她不知道这一年多是怎样过来的。

姚芊与她男朋友的第一次邂逅，就在我们常去的那家火锅店。而他们在一起后的第一顿饭，也是在那家店，在姚芊一直坐的那个位置。

一年多的时间，姚芊几乎每天都会到那家火锅店去，有时候会吃顿火锅，有时候，她只是想在里边坐坐。因为那家火锅店里藏着她与男朋友曾经的记忆。

吃火锅的时候，姚芊总喜欢玩手机，她总说是在陪男朋友聊天。

其实，她只是在和自己聊天。

姚芊哭着递给了我她的手机，我看着手机屏幕上的聊天界面，内心一阵酸楚，心疼起姚芊。

这哪是什么聊天，根本就是一个人的碎碎念，一字一句，都藏着她对男朋友的思念：

“我下班了，你在干吗？”

“今天我又来吃火锅了，还是你最喜欢吃的酸菜鱼火锅，你怎么不来陪我吃呢？”

“晚安，我要睡了，希望我醒来能再见到你。”

“今天我搬家了，离开了那个我们曾一起住过的地方。那里全是你的痕迹，我已经不想在深夜里哭泣了，希望你能原谅我。”

这世界最残忍的爱，是我还深爱着你，你却早已不在人世间。我背负着对你的念想，度日如年，你可知道，我的内心是多么的痛苦？

我好想一直把你爱下去，但我的爱已经不能再得到你的回应了。我想坚持，可我快撑不下去了。

姚芊内心的坚强、执念，被时间冲刷得越来越少。直到那天，她在我怀中彻底地释放自己。

她累了。

那个晚上，我们坐在桥上，聊了一整个夜晚。我才知道，原来这么长时间以来，姚芊经历了如此多的痛苦。

我想对姚芊说，好好生活或许就是对他最好的怀念。

6

再次见到姚芊，已经是年末了。

北方的冬天，又干又冷，还多雾霾。

那天，她裹着厚厚的羽绒服出现在我眼前的时候，我差点儿没认出她。姚芊完全变了个样。

一见面，她拍了下我的肩膀："小子，姐请你吃火锅去，走。"

这么豪爽，我没理由拒绝。

火锅店里人声鼎沸，这次她把我领到了一个三人桌上，对面，坐着个帅小伙。

姚芊向我介绍："这是我新交的男朋友，快叫哥。"

帅哥先站了起来，伸出手要和我握手。我受宠若惊，急忙擦了擦手，伸了出来。

这是我和姚芊吃的最痛快的一顿火锅，没有了压抑，没有了痛苦，有的只是尽情享受眼前的一切。看着姚芊笑得如此灿烂，我由衷地替她高兴。

我问姚芊："还会想起他吗？"

姚芊点点头："会，一直都会。只是再想起时，不再有愧疚感。"

我说："我们就把他放进时光里吧，想他的时候，就出来吃顿火锅，然后继续快意地生活，好吗？”

姚芊用力点点头：“嗯！”

7

我们曾约定好要一直走下去，但现在我还在路上，你却没了踪影。

你说，我是在这里等你，还是继续向前？

我一直在等你，却无论如何都等不到你。

我不会忘记你喜欢吃的酸菜鱼火锅。你走之后，我又吃了很多次，每次都把自己吃到痛哭流涕。我相信，火锅里也有爱，是你留下的，给我的爱。我一口一口地，都把它们吃进了肚里。

我知道你不会介意。

十分爱情

人世间有十分爱情吗？大概每个人都想拥有一份十分的爱情吧。但如果得不到，也没什么遗憾。九分不也挺好吗？实在不行，八分也可以啊。纵使七分又如何？人生还是要照常过。

1

猴子是我的发小，比我大两岁的发小。

猴子姓侯，属猴，猴子座。呃……不对，狮子座。

小时候在一块儿玩耍，猴子总说，五百年前他和孙悟空是一家。

然后，我们就一直叫他猴子，叫着叫着，就叫到了现在。

猴子上大学那年，我高二。等我上了大学，他都快毕业了。

嗯，我复读了一年。

2

我上大学的时候，猴子偶尔会来看我。

最初，我受宠若惊，没想到这小子这么重情谊，还知道来看我。他每次来我都会大鱼大肉地款待他。不为别的，就为他的这份心意。

猴子教给了我一个道理：自恋是没有好处的。

有一次，他刚吃完我请他的糖醋排骨、红焖羊肉、干煸大龙虾，略有些难为情地说："其实我每次来，也不光是找你。我女朋友的学校离这儿不远，也会去看看她。"

他看我表情十分痛苦，没等我说话，又补充道："不过我每次都是先来看你的，这一点我可以保证。"

我瞪了他一眼，说："你是每次都先来找我，但你那是看我吗？蹭饭的可能性更大些吧？"

猴子赶忙解释："你要这样说可误会我了啊，来看你的心是真的。你放心，等哥的工资发了，哥请你吃。"

我没搭他的话，接着说："你这都交女朋友了，她又和我离得这么近，不打算让我俩认识认识？"

猴子说："哪儿能啊，我正准备带你去见她呢。"

我瞥了他一眼："那走吧。"

与猴子女朋友第一次见面，是在他们学校的没名湖畔，我是真不知道那湖叫什么名字！

我俩坐在岸边，等着他女朋友来找我们。我问他："你这……什么时候谈的啊？"

猴子说："有一段时间了。我俩是高中同学，那时没说过话，后来上了大学，就聊到一块儿了。她和你一样，也复读了一年。"

我像个哲学家似的哦了声。

猴子向远处望了望，说："来了，那个就是。"

我顺眼望去，一个穿着粉色连衣裙的女孩儿出现在了我的视野。她散着的头发被阳光照得发亮。高跟鞋的声音愈来愈响，我慢慢看清了她的模样，脱口而出："挺漂亮啊。"

猴子得意地说："那是！"

猴子女朋友走到我们跟前时，礼貌性地和我打了声招呼，我回以微笑。

她说："你就是瓯南吧，常听猴子提到你。我叫丁一倩，你叫我倩倩就行。"

我尴尬地笑了笑："你怎么知道我的名字？"

丁一倩差点儿笑抽："他说你长得黑，好认，还真是。"

猴子也笑得前仰后翻，我怒视了他一眼，陪着俩人尴尬地笑笑。

然后我想起了微博上的一个段子：有人说你黑要如何回击？为了缓解尴尬的气氛，我硬着头皮说："我这是不想做一个肤浅的人。"

猴子直接把我呛了回来："你可拉倒吧，没把你当成非洲人就不错了。”

我敢怒而不敢言，憋屈啊！

我当了一天的电灯泡，不过倒是和丁一倩相谈甚欢，把猴子嫉妒得不行。

傍晚时，猴子终于说要走了。我们把丁一倩送到宿舍楼下，正准备走时，丁一倩突然叫住我说：“我加一下你微信。”我颠儿颠儿地拿出手机，加了她的微信。

走在路上，我兴奋地对猴子说：“你为什么没早点儿让我认识丁一倩啊？你还别说，我们俩聊起来挺投缘的。”

猴子说：“是不是有种相见恨晚的感觉啊？”

我恍然大悟：“对对对，就是这种感觉……”

猴子震怒：“晚你……”

3

正所谓近水楼台先……聊天，我与丁一倩的距离，比猴子近太多了。所以，自从我俩认识后，迅速从陌生人变成了好朋友。有事没事我还会请她出来吃个饭。

我们学校有家托斯卡纳意大利餐厅，里面的东西贵得要死，我请丁一倩吃过三次。我对自己都没这么狠过！

聊得多了，丁一倩和我讲了许多她与猴子的事，听起来，也挺让人伤感的。

丁一倩与猴子在一起挺偶然的。

他俩虽然是高中同学，但直到高中毕业，两人基本上没什么交集。

丁一倩说："他上大学的那年，我选择了复读。之后一年都没有什么联系。后来有一次，在班级群里，我们两个说了几句话，才熟悉起来，然后偶尔会聊聊天。有一天他突然说喜欢我，我想都没想，直接把他拒绝了。"

我忍着没笑："为啥呀？"

丁一倩说："太突然了啊！为什么现在的男孩子，你和他聊两句他就觉得你喜欢他，然后就要追你？实在不能理解。"

"那后来为啥又接受了？"

"被他烦的！他天天给我打电话，还买各种东西寄到我学校。最后他打电话我不接，他就一直打。我没办法了，接通后不说话，他也不挂，经常这样。有一次他竟然打了一个多小时！"

我哈哈大笑："没事，他有钱。"

丁一倩说："除了有些固执，猴子这个人其实挺好的。大二的时候，我得了急性阑尾炎，需要住院动手术，我不想让家人担心，就没和他们说。那段时间，都是猴子在照顾我。白天给我洗衣服、买饭，晚上他就睡在我旁边，整夜整夜地守着我。那段时间，没有他，我真不知道该怎么度过。所以病好后，我们俩就在一起了。我知道，这与我想要的爱情还有些差距，但那又如何呢？这份爱或许不完美，却能给我安全感，让我内心踏实。"

我点头同意。

4

我大二时，丁一倩大三，猴子毕业。

猴子学的是土木工程，猴子的叔叔是我们那儿的包工头，主业就是盖房子。猴子的专业也算是与家族企业对口，所以一毕业他就去了工地，整天画图纸。

毕业后，猴子来得更勤了。他挣到第一笔工资的时候，特意请我俩吃了顿饭。

饭桌上，猴子激动地说："这可是我人生的第一桶金啊，虽然不多，只有一千八百块，但这已经给了我很大的动力。"

我看着猴子被晒成酱油色的脸说："我相信你以后能成大事，从你的脸上我就看出来了，你也不想做一个肤浅的人。"

丁一倩没忍住笑出了声。猴子拿起手机照了照自己，十分自豪地说："现在咱俩差不多了。"

偶尔，丁一倩也会去工地找猴子。工地上的伙食差，每次丁一倩都会给猴子带去些吃的。猴子感动得痛哭流涕："还是自己的女朋友好啊。"

猴子不高，1.71 米，丁一倩 1.67 米，穿上高跟鞋比猴子还高。每次猴子哭，丁一倩就抱着他，像抱着个长不大的孩子。

丁一倩学的是建筑学，这个专业是为数不多的五年制学科之一。也就是说，丁一倩要与我同时毕业。

这样一来，猴子一个人可要孤独很久啊。

好在猴子不着急，他说："两年而已，我等得起。"

但是他等得起，家里可等不起。

每次回家，猴子妈总问他："你这也毕业了，是不是该考虑结婚的事了？儿啊，咱去相亲吧？"

最初猴子还耐心和他妈解释。时间长了，他不耐烦了，说："我相什么亲啊？我有女朋友了！"

猴子妈一听这话，立马两眼放光，继续唠叨："儿啊，姑娘长啥样啊？让妈瞅瞅呗。"

猴子无奈，只得拿出丁一倩的照片给他妈看。

看完照片，猴子妈激动得不行："这姑娘好啊！儿啊，你有出息了，妈再也不逼你相亲了。"

猴子妈终于消停了一段时间。

年前，猴子回家，他妈又开始唠叨起来："儿啊，这马上就过年了，你能不能把那姑娘带回家让妈看看啊？"

猴子不同意，猴子妈就又哭又闹，逼得猴子没办法，只得和丁一倩商量。丁一倩一听猴子说他妈哭着闹着要见自己，笑得合不拢嘴："我去，我去，你妈也太可爱了吧，哈哈哈。"

5

腊月二十七，猴子把丁一倩领回了家。

丁一倩来猴子家那天，我作为猴子的发小、丁一倩的好朋友，被猴子硬拉去了他家。猴子说，丁一倩在这人生地不熟的地方，也没个熟人，我在那儿能陪她说说话。

猴子妈见到丁一倩，别提多高兴了，又是端茶又是拿水果，一句接着一句问：“闺女，你渴不渴？闺女，你饿不饿？闺女，要不吃点儿苹果？”

丁一倩被招待得不好意思，说：“阿姨，您坐那儿歇会吧，我想吃了就自己去拿，您不用这样。”

丁一倩在猴子家住了两天。每天晚上，猴子妈都要陪着她说话说到很晚，问她各种问题。丁一倩说：“看来，猴子他妈是想我赶紧嫁过去啊！”

腊月二十九那天，猴子开车把丁一倩送到了家。猴子也是第一次见了丁一倩的父母。

丁爸丁妈做了顿好饭招待猴子，吃完他又连夜赶了回来。

猴子回家后忙着过年，两人很少联系。

过完年，丁一倩开学，猴子上班。

有天两人打电话，丁一倩突然哭着对猴子说：“我爸妈不同意咱俩在一起……”

猴子一惊：“为什么？”

丁一倩委屈地说：“他们嫌你个子太低了……”

猴子不说话了。

丁一倩说：“我已经和他们说明了，我非你不嫁。他们要是再敢逼我，我就不回家了。”

猴子说：“你不能这样，再看看他们的态度吧。”

这件事搁置在那儿了。之后的几个月，猴子每次回家都会带上丁一倩。两人没有再提过丁爸丁妈。

有次，丁一倩回家时，她父母问她是否还和猴子在一起。

丁一倩说："当然了。不跟他在一起和谁在一起啊？"

丁爸丁妈这次彻底恼怒了："我告诉你，你分也得分，不分也得分！反正我们是不会同意你俩在一起的！"

那天晚上，丁一倩和她父母大吵了一架。走时，丁妈丢给她一句话："你要是不和他分手就别回来了！我们没你这个女儿！"

坐在大巴车上，丁一倩泪如泉涌。

丁一倩跟猴子提分手，猴子什么也没说就同意了。

那天晚上，丁一倩找我聊天。她说她不想分手，可是家里的态度很坚决，她没有办法。她说与猴子这样拖下去，迟早会耽误彼此。她不想耽误任何人。最后，她对我说："告诉猴子，让他再找个女朋友吧，我对不起他。"

我没有说。

6

转眼到了大四下学期，我忙着写毕业论文，每天都忙得不可开交。

我与猴子也有一阵儿没联系了。他与丁一倩分手后，再没来找过我。

有天猴子给我打电话说他想来看我。我们坐在酒馆里聊了很多。

我问猴子："有没有开始新的恋情？"

猴子笑了笑说："忙，没空找。"

"与丁一倩还有联系吗？"

"偶尔吧，基本上不联系了。"

猴子问我："你呢？与她还有联系吗？"

我摇头。

猴子说："丁一倩是不是和你说过些什么？"

我想了想说："忘记了。"

再无交集的两个人不如断得干脆些。我想，这对他们都有好处。

我与猴子没说几句话，剩下的时间都在喝酒。

离开酒馆的时候，地上全是酒瓶。

7

我一边忙着写论文，一边忙着找工作，生活充实而疲惫。

我没有想过会再次看到猴子与丁一倩两个人并肩站在我的面前，从来没有想过。

然而我却看到了这一幕。

猴子带着丁一倩站到我面前时，他说："我们又在一起了。"

我一脸的不知所措，但还是笑着祝福了他们。

为了庆贺两人破镜重圆，我掏钱请他们吃了顿饭。饭桌上，三个人胡乱说着各种各样的话题，眉开眼笑，仿佛之前的那段经历真空般消失了。

事后，丁一倩告诉我，她忍了几个月，还是没忍住去找了猴子。

因为她发现，她的生活中已经不能没有猴子了。爱情很多时候就是这样，明明是他先追的你，可后来，却成了你离不开他。

丁一倩在一个又一个深夜从梦中醒来的时候，都会想到猴子。自始至终，她都没能忘了他。

当丁一倩鼓起勇气找到猴子时，猴子说："你终于来了，我一直在等你。"

丁一倩哭了，猴子也哭了。但他们心里都是甜的。

两个人虽然又走到了一起，但现状并没有因此产生有多少改观。丁一倩的父母态度还是很坚决。当他们知道丁一倩又和猴子在一起时，差点儿没吊起来打她一顿。丁一倩为了说服他们，软磨硬泡了几个月，好的坏的全都说了。就在她不知道还有什么计策可以使用的时候，丁爸丁妈终于松口了。丁一倩与猴子，又可以正式在一起了。

丁一倩笑着和我说："有时候，你不努力一下，永远都不知道会有什么奇迹发生。爱情也一样啊。"

我找到第一份实习工作时，丁一倩突然在微信上给我发了一张结婚证的照片，上面是笑得十分灿烂的她与猴子。开始我以为又是用什么软件修的照片，点开后才发现，这不是假的，是真的啊。因为上面，没有二维码。

丁一倩说："从现在开始，我就是你们那儿的人了。"一脸的得意扬扬。

我问她："准备什么时候结婚啊？我得抓紧挣份子钱啊。"

丁一倩哈哈大笑："对，你是得抓紧一点儿。不过也不用急，五年之内不会让你随份子钱的。"

我没想过这份爱还会有这样的结局。

8

十分的爱情是什么样的呢？我不知道。但我知道，猴子与丁一倩的爱情，绝对不是十分爱情，甚至，连九分都不是。但那又如何？即便他们爱得磕磕绊绊，他们还是勇敢地爱了下去，并且最终走到了一起。

渴望完美，是我们每个人的极致追求。可如果有时无法达到完美，争取做到更好，也应该成为我们的追求。

十分的爱是爱，九分的爱也是爱。

无论经历了什么，只要你还爱着对方，就不要轻易放弃。

前路坎坷，重峦叠嶂，这条路注定不平坦。但为了爱，请再坚持一下！

我不怕什么艰难险阻，我只知道，我还爱着你。所以，翻山越岭，也要来到你身旁。

祸乱时期的爱情

1

苏美美从梦中醒来的时候，发现自己正躺在一个有些陌生的地方，她微睁着双眼环顾一圈之后才发现，这是病房。

她在医院。

意识稍微清楚了点儿后，她才发现自己的右半边脸被纱布包裹着，右胳膊也被固定在了支架上不能动弹。苏美美觉得，血管里似乎正渗入着某种液体，她抬头看了看，和她想的一样，还打着点滴。

可此时的她并不知道自己为什么躺在这儿，又是怎么到这儿来的。她在记忆里翻了好一会儿，试图从中找到些场景帮助她解除疑惑。想了好久，她的记忆只停在了与男朋友从电影院出来的那个时刻，再往后，她便什么也想不起来了。

男朋友？想到这儿，她突然问自己了一句：“对了，男朋友去哪儿了？”可此刻的病房里静悄悄的，没有人能给她答案。

苏美美试着睁大自己的眼睛,努力把脸转到了病房门的那个方向。这时她才发现，这间病房里除了她，还躺着两个人，但此刻他们都还在睡觉。苏美美不知道他们是在睡觉还是一直昏迷着。或许，他们醒来后，就能解释我为什么躺在这里了吧，苏美美这样告诉自己。

病房的门关着，苏美美不知道外面到底发生了什么，但她却听到嘈杂的争吵声、凌乱的脚步声和焦急的呼吸声互相交错，让人既烦躁又疲惫。听着这些节奏略显急促的乐曲，不知不觉地，苏美美又一次睡着了。

再次醒来是因为听到了玻璃瓶碰撞的声音，她迅速睁开了眼睛，像没睡过一样。

她看到左手边有一位护士在为挨着她的病人换药，忙问：“我男朋友去哪儿了？”

听到声音，这位小护士向后扭了下头，面带微笑地回：“你醒啦？感觉怎么样？”

可苏美美并没有理会，又问：“你能告诉我，我男朋友去哪儿了吗？”

“你男朋友叫什么名字？”

“赵克诚。”

小护士犹豫了会儿，说：“他在另一个病房呢，你先好好休息吧。”

她换好了药，端着医用托盘出去了。

苏美美望向窗外，她用还可以看得见的左眼窥视着外面的世界，天空云雾缭绕，似乎没什么不好。

可她就是想不起来到底发生了什么。

2

病房的墙壁上挂着台电视机，她想打开看看。她看了看自己输液的右手，觉得自己可以拿着药瓶走到电视机前打开电视。于是她试探性地抬了抬双腿，却发现右腿不能动弹。起初她不敢相信，她觉得这一定是因为躺的时间太长。于是她又试了一次，这一次她做了充足的准备，用力，抬腿，可还是失败了。

苏美美惶恐了，难道右腿失去知觉了，自己要瘫痪了？

想到这里，她不禁打了个寒战，用还能动的左手着急地按了几下头顶的呼叫器。音乐响了，是贝多芬的《致爱丽丝》。可她没有心情听这优雅的钢琴曲，此刻，她只想听到护士的声音。

“喂，换药吗？”电话通了，护士只问了平时最有可能发生的情况。

“请你立刻过来一下，我有话问你。”苏美美的语气听着就很着急。

苏美美终于等来了护士，还是刚才那位。看见她苏美美就喊：“护士，我的腿失去知觉了，我要瘫痪了吗？”

一夜未眠、略显疲惫的护士看她着急又可爱的样子，脸上有了些笑意，心里多了丝安慰：“你的腿只是暂时不能动了，恢复一段时间就好了，不用担心。”

“真的吗？我真的不会瘫痪吗？”

“放心，不会的。”

听到护士肯定的回答，苏美美松了口气，眉头舒展，面露轻松。接着她向护士要求道：“可以把电视机打开吗？我想看电视。”

“可以，不过声音不能太大，他们还需要休息。”护士指了指苏美美旁边的两张病床。

苏美美望向他们，一个是和自己年龄相仿的青年，还有一个是年纪稍大的老人。苏美美点点头，说：“好的。”

护士打开了电视机，是新闻频道，苏美美说：“就看这个吧。”

护士转过头，说：“你先休息着，有事叫我。”

苏美美答：“嗯。”

护士走开了。

电视里播音员正读着一条刚刚收到的最新消息：一化工厂发生爆炸，消防人员正全力灭火，伤亡情况不详。

看到这样的新闻，苏美美愣了，她和男朋友昨晚去的那家影院离化工厂没多远，难道发生的这一切，都是因为这场爆炸？

苏美美越想越害怕，她不知道男朋友到底怎么样了。此刻，她最想依靠的人却不知在哪里。

苏美美再次望向窗外，暮色四合，月光朦胧，比往日更美了，这是因为爆炸的缘故吗？

电视机里播放着人们拍下的爆炸时的视频，刚开始时火光星星点点，然后瞬间就升腾起了蘑菇云般的火焰。那些拿着手机录像的人被强烈的冲击波击倒，画面变黑暗，只有嘈杂的、痛苦的呻吟。惊慌失措的人们大声谩骂着。

苏美美不知道爆炸发生时，她和男朋友正在做着什么。此刻，苏美美只能在心里默默地为他祈祷，希望他快点儿出现在自己的面前。

3

待在一间狭小的病房里，苏美美无法知晓外面的世界正在发生的悲惨事情。爆炸发生后，伤亡人数急剧上升，政府部门动用了全市的消防官兵赶赴现场救援，可火势依然得不到控制，更何况还有再次爆炸的危险。

灾难来临时，人们是顾不上悲伤的。悲剧接连发生，这一滴眼泪还在为上一个悲剧伤心，下一滴就要为新的不幸难过了。

我们为每一个逝去的生命所做的悼念，不过只是一滴眼泪的时间。

而苏美美，或许会伤心得更久一些。到现在还没有人告诉她，她的男朋友在昨晚的事故中不幸遇难了。

救护车来的时候，他们两个人正躺在路旁的人行道上。护士走近时，才发现原来是两个人，如果没猜错，应该是情侣。男青年用自己的身躯为身下的女子遮挡着爆炸带来的冲击。

医护人员将两个人分开的时候，男青年的身体已经冰凉，没有生命体征了。而他身下的女子只是脸部被碎片划伤，还有微弱的呼吸。

护士大喊："她还有呼吸，快进行救治。"

第二天，这名女子从这场噩梦中醒来，发现自己的脸上缠了一圈纱布。而她一直在担心着她的男朋友——赵克诚。

4

苏美美旁边的那个青年醒了。他没有大喊大叫。他的神色很平静，他身上似乎没有故事。

他看了看身旁醒着的苏美美，同她打了声招呼："你好。"

苏美美受宠若惊，连忙回复道："你好。"随后好奇心作祟，苏美美问："你是因为什么住院的？"

青年看了看电视屏幕上大火熊熊燃烧的画面，没说一句话。

苏美美顿时明白了。然而男青年并没有说出此刻他的内心情感。他是悲伤的。

爆炸发生时，他正和女朋友在附近的商场逛街，他们买了许多东西，因为他们准备结婚了。

他们已经相恋四年了。他很爱她，她也很爱他。如果没有这场灾难，青年都想到他们婚后的生活会是怎样的甜蜜和幸福了。他们会飞到爱琴海见证他们的爱情，去马尔代夫度蜜月，从伦敦的威斯敏斯特教堂游玩到圣彼得堡的叶卡捷琳娜花园。这一趟旅程是他们精心策划的。

然而现在，一切都不可能了。

他的未婚妻，他最爱的女人，在昨晚的爆炸中永远离开了他。

昏迷前，他一直看着躺在离他不远处的女友，直到医护人员赶来将他们送上救护车。他本该安下的心，却被医生一句不经意的话给揪住了：“受伤的女性生命体征非常弱，希望她能挺过去。”

青年努力保持着清醒，看着医生全力抢救自己的女朋友，他在心中默默地祈祷。

然而监护仪发出的声音却在不断地加速，最后，画面上显示出了一条直线。

这个脆弱的生命即将凋零时，青年的内心也在痛苦地挣扎。支撑着他的最后一道防线崩塌了，昏迷前他最后听到的是医生在不停地喊：“醒醒，醒醒！”

5

伤亡数字在不断攀升，这些人里不仅有遇难的群众，还有那些救援的消防员战士。

他们不顾一切地冲进火海，却在一场爆炸后没能再出来。一个个年轻的面孔，一朵朵初放的生命，因为这一场爆炸，变成了人们永远的怀念。

一个又一个并肩作战的兄弟倒下并没有挫败消防员战士们前行的脚步，他们仍前赴后继地，用生命的鲜血扑灭眼前的火海。

何其悲壮，何其勇敢。

网络上也在不断地为消防员战士和受伤群众祈福，希望他们都能平安脱险。为了表达对消防员战士的敬意，微博上出现了“世界上最帅的逆行”这个话题，被转发最多的是一幅漫画：火灾现场，所有的人都在急匆匆地往外逃，但人群中间，却有一位身穿橘红色外套身背灭火器的消防员逆行在人流里。我们看到的是一个背影，一个渐行渐远、勇敢无畏的背影。

这是最帅的逆行。

6

苏美美想与青年进行简单的交谈，问他叫什么名字，家在哪儿。这样的聊天至少可以缓解长时间的压抑气氛，苏美美这样想。

于是她开口了：“你叫什么名字？”

青年说：“刘威。”

苏美美默默地记住了，又问他：“爆炸发生时，你在干什么呢？”

刘威说：“我正在买完东西回家的路上。”

苏美美回着他的话，又好像自言自语地说：“我和男朋友刚从电影院走出来。那是他陪我看的第一场电影，我们刚相恋几个月，出来的时候他笑着对我说，以后会陪我看更多的电影。我笑着回了句嗯。再然后，我就不记得发生什么了。”

刘威说：“你男朋友现在在哪儿？”

苏美美有些失落：“护士说他在另一个病房，可我现在还没见到他，我真想跑过去看看他的情况，但我的腿又不能动弹……”说着，苏美美又试图动了动她的右腿，依然没有反应。

刘威说：“好好养伤，等伤好了你们俩就能见面了。”

落寞的神情在他说完这句话的同时也落到了他的脸上，他与自己最爱的人已经阴阳相隔了。

7

火被扑灭了。

后续的救援工作又连续开展了好几天，许多消防员战士牺牲后，火终于被扑灭了。

劫后余生的消防员们也已连着几天几夜没有合眼了，火被扑灭的那一刻，他们累倒在了地上，睡着了。

有记者拍下了这一动人的画面，画面中的消防员战士们躺在火灾现场空旷的草坪上、马路上，睡得很香，有的还抱着高压水枪。而不远处，就是被烧毁的化工厂。

化工厂一片狼藉，被烧毁的建筑物黑漆漆的，仿佛焦炭一般。有些地方还冒着烟，为了防止再次引发火灾，已经由后续的消防人员进行了处理。天空灰蒙蒙的，被大火烤了几日的空气中，弥漫着一股股呛人的气味。原本就不好的空气经过大火的熏烤，污染又加重了。此后的一段日子，人们应该会戴着口罩度日吧。

苏美美躺在医院好几天了，这几日的生活起居，除了护士帮忙照料外，刘威也参与了。刘威的身体恢复得很快，几天的光景他就已经可以下床走动了，适应了一段时间后，他的生活完全可以自理了。

苏美美很感激他，他对自己的照顾让苏美美的内心感受到了温暖。这种温暖是灾难后苏美美内心极度渴望的。这让她想到了自己的男朋友，这样的感受她在赵克诚身上也体会过。

当她觉得自己可以试着下床走路时，她决定去看她的男朋友。她实在很想念他，即使才几日没见。

她刚说明目的准备下床，身旁的护士却拦住了她："你先别下床，我有件事要和你说……"

看护士欲言又止的样子，苏美美满是好奇，忙问："什么事啊？"

护士结结巴巴地说："你……你男朋友他……他遇难了……"

苏美美惊呆了："什么？遇……遇难？！你不是和我说他在另一个病房吗？"

护士用低沉的声音解释道："那是因为你刚从昏迷中醒过来，怕你受不了这么大的刺激，才不得已欺骗了你。是他用生命救了你，我们赶到的时候，他双手抱着你，用整个身体挡住了强烈的爆炸，我们都很敬佩他，也替你有这样的男朋友感到高兴。"

苏美美沉默了。

最伟大的爱不是愿意和你共度风雨，而是在最危险的时候，愿意舍弃生命来保护你。我没有离开，我只是去到了另一个空间，每天伴着无数颗星星陪伴着你。不要问我是哪一颗，你抬头看见的第一颗，就是那个最爱你的我。

有些人不相信爱，有些人不愿等待，有些人匆忙离开，有些人错过了才知道那就是爱。这个世界有太多的人怀疑，怀疑身旁的他爱不爱自己，怀疑那些甜言蜜语，到最后会不会只是说说而已。相爱，才会牵手。不要对身旁的人多疑，只有到了最关键的时刻，你才会知道他有多爱你。比爱他自己更多地爱你。

苏美美没有怀疑过，却一直悲伤着。

护士离开了，苏美美一个人坐在床上。对以后的生活，她似乎看不到希望了。她想哭，却不知道怎么哭。伤心使她悲戚，可泪水却止在心底。我们说好的要看许多的电影，可第一场电影刚散场，结局就是一个悲剧。

刘威走过来了，他读懂了苏美美的伤心，站在她身旁，轻声对她说：“想哭就哭出来吧。”

苏美美再也无法忍受内心的悲伤，抱着刘威大声哭了出来。

那种伤心，或许只有刘威能懂。

在苏美美的情绪逐渐平复后，刘威长吸了一口气，说：“其实我没有告诉你，我最爱的人，也已经离我而去。”

8

病房里的另一个老人被推进了重症监护室，几天以来，他一直昏迷着，心率衰竭，呼吸困难，医生们正全力抢救，可就连医生也觉得希望渺茫。

抢救失败了，病人最终停止了呼吸。

看着空空的病床，苏美美更加伤心了。

生命竟是如此脆弱，一场大火、一次车祸、一次地震就能轻易地夺走许多人的生命。生命已如此脆弱，为何我们还在浪费着不知何时就会终止的时间?

无论战争还是灾难，对于逝去的人，永远只有怀念。而对于幸存下来的人而言，却会带来无尽的感叹。

愿这个世界每天都能少一些悲剧，愿每一个伴你前行的人都能微笑着挥手告别。

9

灾难总会过去。

在医院躺了大半个月的苏美美，身体恢复得差不多了，基本上可以出院了。而大爆炸后的悼念工作，也在此时开始了。

刘威和苏美美参加了政府组织的悼念活动，他们穿着一袭黑衣，站在密密麻麻的人群中，低着头默哀。为离去的亲人默哀，也为所有失去亲人的人们祈福。

苏美美和刘威决定把各自恋人的骨灰安葬在相邻的两个墓地中。苏美美说：“至少以后来看他的时候，能想起你。”

临别前，苏美美问刘威：“接下来你会去干吗？”

刘威说：“我要带着她的照片，一个人去旅行，继续我们未能完成的梦。”

苏美美听后，说：“我要一个人看许多许多的电影，全都讲给他听。”

苏美美接着问：“对以后的生活有打算吗？”

刘威说：“暂时还没有。我还没打算开始新的生活，我想，我需要一些时间。”

刘威看了看天空，经过这么多天，终于放晴了，灾难时的阴沉终于消散。他接着说：“如果我开始了新的生活，我会重新认识你。”

10

一年后的某个周末，苏美美刚从电影院走出来，正想着如何把刚看的电影复述给赵克诚听，迎面走来的一个人突然停在了她的面前，面带微笑，和她打了声招呼：“你好，很高兴认识你。”

苏美美抬头，回以相同的微笑，说：“我也是。”

喜欢你，是我做过最美好的事

倾一世温柔，暖一场相遇／时光总在盛开，你却迟迟不来／我的世界里，不能没有你／成都，带不走的只有你／他们的异地恋

Chapter

3

倾一世温柔，暖一场相遇

每一个姑娘都会在春暖花开时，遇见一个自己无法忘记的人，然后，倾尽所有的温柔，只为留住这场邂逅。

最美不过少女心，最痴不过少女情。

1

大三那年，叶子喜欢上了一个电台主播。

她是无意间打开手机中的收音机发现他的节目的。

那天叶子的心情并不好，白天与室友因为一些琐事争吵了一番，晚上，她早早就洗漱好上了床。躺在床上的叶子并无困意，又没有心情做其他的事，于是她就戴上耳机，打开了手机中的收音机。

叶子随意调整频率，一个声音突然吸引了她。那个男主播正在播报开场白：“大家好，欢迎收听《十点夜话》。我是主持人苏木，接下来和我一起走进精彩的故事吧！”

叶子被播音员富有磁性的声音吸引，躺在床上，闭目听了下去。

这是一个情感类节目。节目开始，是主持人讲述听众的故事。故事讲完，进入问答环节。

叶子听完一整期节目后，对那位男主播产生了浓厚的兴趣。

尔后的几天，她几乎每天都会在节目开始时，准时躺在床上，静静地听苏木讲故事。

慢慢地，叶子成了苏木忠实的听众。

有天苏木在节目里说，他开了一个公众号，会在里面继续讲故事。叶子第一时间搜到苏木的公众号，加了关注。

从此，叶子除了准时收听苏木的节目外，还会等着苏木的公众号更新，第一时间点进去看。

叶子觉得，苏木的声音有一种十分特别的频率，能让人安静下来。她内心对苏木产生了既崇拜又爱慕的复杂情感。她幻想着有一天能与苏木在某个地方见面。

苏木的公众号接受读者投稿。听得多了，叶子便想投稿。她希望自己的文字能被苏木读出来，于是她开始写。

写完第一篇文章，叶子兴奋地发了邮件，等了好几天，没见回信。她知道，文章石沉大海了。她有些灰心，但还是决定继续写下去。

叶子第八次投稿的时候，终于等来了回信。她收到一封邮件说文章已经通过审核。叶子兴奋地等了好几天，终于在苏木的公众号上看到了自己的文章。

叶子高兴得截图发了朋友圈。

2

大四，叶子准备找工作实习。

正当她在为往哪儿投简历这件事烦恼的时候，苏木在公众号里发了一个招聘启事：电台要招聘实习生。

叶子二话没说，就把简历投了过去。她知道，一旦面试成功，她就有机会见到苏木了。

叶子等来了通知她去面试的邮件，激动不已。

为了面试，叶子准备了整整一天。她穿戴整齐，坐车去了广播电台。

坐在大厅里等着的时候，叶子心里十分紧张。她努力让自己平静下来。

叶子站在面试官前，手微微发抖。她扫了一眼面试官，等着被提问。

坐在最右边的那个人一说话，叶子便听出来了，他就是苏木。叶子将目光移到他身上。

叶子在心里嘀咕，原来苏木不仅声音好听，人长得也这么帅啊。她看着苏木，嘴角露出了甜甜的微笑。

因为苏木，叶子在面试中表现得格外出色。面试过后没几天，她就收到了被正式录用的通知。

叶子开心得不得了，她终于能和苏木一起工作了。

上班第一天，叶子一早就来到了电台。电台的门还没开，她就坐在外面的石墩上等。等了差不多二十分钟，其他人才陆陆续续过来。叶子刚起身，一眼就看见了从她身边走过的苏木。叶子没有忍住，喊了声：“苏木！”

苏木回头，看着眼前这个有些熟悉的面孔，问：“你是新来的吧？”

叶子笑得很欢：“嗯，我前几天刚参加的面试。”

苏木想了想：“哦，我想起来了。你叫什么名字？”

叶子说：“我叫牧叶子，你就叫我叶子吧。”

两人一起进了办公楼。

叶子去总编的办公室报到。总编把苏木叫了过来，说：“苏木，你们部不是还缺一个文字编辑吗？先让她跟着你吧。”

苏木看了看叶子说：“好。那你跟我走吧。”

叶子兴高采烈地跟着苏木走了。

叶子无论如何都想不到，她竟会在仰慕的偶像手下工作。她偷偷拍了张苏木的照片，发到朋友圈大炫：以后我就跟着我男神混了。

照片一出，引来许多评论，都在问这么帅的小伙儿叫什么。叶子一脸的骄傲：统一回复，这位帅哥是我最最喜爱的电台主播——苏木。

3

叶子最开始的工作是审校新闻稿。

每天，叶子都会接到一沓厚厚的稿子，审校上面的错别字。叶子工作十分认真，喜欢拿着笔在稿子上写写画画，苏木从她身边经过时，看见她那股认真劲儿，直夸她："你这么认真啊。"

叶子抬头，露出洁白的牙齿："苏木哥好。"

从此，苏木在叶子口中成了苏木哥。

叶子看了大半个月新闻稿后，将工作交接给了新来的实习生。她开始参与到电台节目的制作中去。

工作开始前，需要接受三天的培训，苏木是领队。

参加培训的一共七个人，都是女生。

苏木看着她们，说了句："一个男生都没有？你们这届可真行啊。"

大家哈哈大笑起来，每个人都直勾勾地看着苏木。

私下里，几个女生没事就喜欢讨论她们的领队：

"领队好帅啊！"

"是啊，不知他有没有女朋友。"

"我都想去追他了，哈哈哈。"

叶子也陪着大家一起笑，但很明显，她听到这些话后并不是很高兴。苏木是她一个人的，她不会让给任何人。

培训中需要实际操作电台的各种设备。这些设备的各种按钮七七八八，男生都不一定能一遍就记住，何况是女生？苏木也做好了重复教学的准备。当他教完第一遍问大家记住没时，沉默片刻，人群中突然喊出一句话："记住了！"

大家都看向叶子。

苏木笑着问叶子："叶子，你全都记住了？"

叶子说："是的，苏木哥。"

"那好，你来给大家操作一遍。"

叶子走到设备前，凭着记忆，丝毫无差地完成了苏木的各项指令。

其他几个女生对她刮目相看，苏木也赞不绝口，夸她学习能力强。

叶子又是一脸傻笑："主要还是苏木哥教得好，嘿嘿。"

后两天的培训，基本上是叶子在领着大家练习，苏木放心地把工作交给了她。

培训结束后，叶子顺利参与进了电台节目的制作中。这之前，叶子都是在手机里听苏木的节目。她不会想到有天能亲眼看着苏木坐在播音室直播。叶子感觉自己简直幸福到了极点。

培训的时候叶子就引起了苏木的重视。苏木给叶子安排了许多重要的工作，叶子都完成得非常出色。叶子知道，自己只有努力把工作做到最好，才能离苏木更近。

苏木的节目是晚上录制，所以加班就成了常态。下班时，夜已经很深了。节目结束，叶子总和苏木一起出办公楼。

苏木问叶子："你去学校还有车吗，要不我开车送你吧？"

叶子犹犹豫豫地说："不……不用了苏木哥，我打车回去吧。"

苏木不等叶子拒绝："上车。"

后来几乎每个工作日，苏木都会在下班后送叶子回学校。

叶子感受到了来自于苏木的浓浓的暖意。她对苏木的爱慕之情更深了。

4

叶子不知道苏木有没有女朋友，她希望没有。

某天下班，叶子坐在车上，与苏木聊天。她问："苏木哥，你……有女朋友吗？"

苏木看了看她，笑着说："你觉得呢？"

叶子一脸花痴："长这么帅，当然有女朋友了。"

苏木哈哈笑："可是我没有啊。"

叶子心中窃喜。

苏木接着说："今天哥请你吃饭去。你想吃什么？"

叶子疑惑："啊？"

等叶子缓过神，他们已经到饭馆了。

叶子吃了好多她爱吃的菜。为了保持形象，最后那个鸡腿她忍住没吃。

两人边吃边聊，聊到饭店快打烊。

走出饭馆时，已是深夜。苏木对叶子说："这么晚了，学校应该关门了吧？要不你今天住我那儿吧，反正我也是一个人住。"

看叶子犹豫，苏木笑了："怎么？你还怕哥不成？哥可是个正派的人。"

叶子脸红："那好，今天就住你那儿。"

二十分钟后，他们到家。

叶子被苏木的家惊呆了，进门她就喊："苏木哥，你买的房子可真大啊！”

苏木笑：“我哪有钱买这么大的房子啊！亲戚家的，我暂住。”

苏木推开一间房，对叶子说：“你一会儿就睡这儿，洗手间在那边。你休息会儿吧，我去编辑个文章。今天的公众号推送还没弄，听众们肯定又要说我偷懒了。”

叶子洗漱完躺在床上，听到了苏木读文章的声音。不多久，她拿出手机，看到了公众号的更新。她点开，又放了一遍苏木的语音，安静地睡着了。

叶子做了一个梦，梦见她与苏木来到了一个遥远的国度。然后两个人莫名其妙地按照当地的风俗举办了婚礼，像童话故事中的结局一样，他们过上了幸福的生活。

第二天醒来，想起昨晚的梦，叶子幸福地笑了起来。

她走出房间时，正好看见苏木端着两杯牛奶从厨房出来。叶子还有些迷糊，苏木看见叶子，说：“你醒啦，赶快去洗漱下吃早饭吧。”

叶子莫名被感动了。

那天过后，叶子与苏木的关系又亲近了许多。

苏木对她太好了，叶子一时有些难以置信。她想起那天苏木说还没有女朋友，叶子不知道他是故意那样说还是真的没有。叶子心里很纠结，她知道自己喜欢苏木，可她不敢说出来。她怕被苏木拒绝，更怕苏木说她幼稚。

时间一天天过去，叶子每天见到苏木心跳都会加速。叶子对苏木的感情，也由原来的爱慕变成了满满的爱。

爱？叶子想到这个字时，不由得吓了一跳。她爱上苏木了吗？她不敢确认，但在她内心深处却也无法否认。苏木开车送她的时候，叶子犹犹豫豫地说："苏木哥，我……我……"

她想表白，却没有勇气。

苏木问她："叶子，你想说什么？"

叶子吞吞吐吐还是没说出口："没……没什么……"

苏木感觉她不太对劲："你今天有点儿奇怪啊。"

叶子在心中说，是啊，是有点儿奇怪，奇怪到喜欢的人就在身旁，却不敢说出口。

叶子在电台工作两个月后，电台组织团建活动。公司所有的员工准备去吃烧烤。那天每个人都很高兴。他们在外面吃着烧烤，喝着啤酒，玩了整整一天。

苏木喝了很多酒，站都站不稳了，却还要开车送叶子回学校。叶子很生气："你都喝成这样了，自己怎么回家？"叶子打了个车，准备送苏木回家。

叶子扶着苏木踉踉跄跄地回到了家。她将苏木放到床上，歇了一会后准备走时，苏木一把抓住了她的手。那一刻，是叶子最幸福的时候。但苏木喊出的话，却瞬间将这种幸福感浇灭："梅梅，别走。"

叶子愣在那里，眼泪不受控制地涌了出来。

"你说你没有女朋友，你骗我！你个骗子！"

冷静了一会儿，叶子坐到了床边，静静地看着苏木。她在苏木身旁待到了深夜。最后她端来一杯水，放到了苏木的手边。走时，她吻了下苏木的脸颊。

第二天回到电台，苏木问叶子：“我昨天是怎么回的家？我怎么一点儿都不记得了？”

叶子看着他，心中有些伤感，却笑着说：“我把你送回家的啊！你以为呢？”

苏木摸了摸她的脑袋：“谢谢你啊叶子。”

叶子转身，忍住了即将夺眶而出的泪水。

我为你做这么多，并不是想让你感谢我。

5

叶子在电台待了三个月。三个月后，她准备离开了。走的那天，苏木去送她，问她：“以后你准备干什么呀？”

叶子说：“还不知道呢。如果我混不下去了，再回来找你，你还要不要我？”

苏木笑着说：“要！当然要了！工作能力这么强的美女，我可没处找啊。”

叶子开心地看着他，笑得很甜。

临下车的时候，叶子犹豫了很久，问了苏木一个问题：“苏木哥，梅梅是谁啊？”

苏木有些惊讶：“你……怎么知道她？”

叶子说：“你不要管了，我就想知道她是谁。”

苏木长叹了一口气说：“梅梅是我的初恋。两年前，她因车祸去世了……”

叶子听完不说话了。

回到学校，叶子依旧每天都会准时拿起手机听苏木的节目。她想忘掉自己放在苏木身上的感情，却发现并非那么容易。

在听到苏木说梅梅已经去世了的时候，她就已经释怀了。她知道苏木是一个重感情的人。

叶子虽然没有向苏木表白，可在她心里，她已经爱过了。那个留在苏木脸上的吻，就是她对这段感情的回忆，即使苏木不知道。

叶子正式参加工作一年后，有天，她突然收到了苏木发来的请柬。苏木要结婚了。

叶子怀着复杂的心情，参加了苏木的婚礼。婚礼上的苏木还是那样的帅气，依旧能带给叶子无限的遐想。但叶子知道，此刻是该祝福他的时候了。

叶子看向了新娘。新娘穿着一身洁白的婚纱，优雅大方，十分美丽。叶子心想，两人挺般配的。

叶子想到了梅梅，那个只听苏木喊过一次的名字。她想，梅梅一定也很漂亮。

婚礼进行到一半时，苏木拿起话筒说：“今天，我想向一个人告别。她离开这个世界四年了。四年来，我过得很煎熬，无时无刻不在想她。

可我知道，她真的离开了，永远回不来了。后来，我遇到了身旁即将成为我妻子的媛媛，是她帮我走出了内心的伤痛，勇敢地迎接新的生活。我十分感谢她。”

台下的叶子，哭得泪流满面。

6

人生旅途中会遇到许多人。

有些人，值得钟情；

有些人，值得怀念；

有些人，值得遗忘；

有些人，值得祝福。

无论遇见了谁，都要相信，与之相遇是命中注定。所以，好好对待身边的人吧，即使你们无缘走到最后；即使这场相遇，没有恰逢其时。

因为，你的温柔会让这场邂逅，变得美好而充满爱意。

时光总在盛开，你却迟迟不来

1

“在经历了他加我我删他、他又加我又删，来来回回二十一次删好友大战之后，我成了张小二的女朋友。”

这句话是北北要我写的开场白，我不敢不从。

2

自从听说我是个讲故事的人之后，好朋友北北就用她无敌风火轮般的嗓子对我说：“来来来，我给你讲讲我的故事，你帮我写出来。”

我给了她一个眼神，让她自己体会。

三秒后，我耳边响起如同原子弹爆炸的声音：“你到底听不听？”

我一阵眩晕，耳朵里发出嗡嗡的响声。为了防止她对我进行二次伤害，我赶忙说：“听听听。”

北北的男朋友张小二是个当兵的，他俩是最不容易的军恋。但北北却噘着嘴冲我说：“我觉得我俩还挺不错的。”

北北在湖北的一所师范学校上学，作为一个地地道道的北方人，刚开学时，她挺不适应的。

不适应的不仅仅是饮食、环境、气候这些外部因素，还有她渴望盛开的心与窗扉紧闭的现实之间的矛盾。

北北感叹：“为什么没人来‘撩’我？难道是我长得不够美？不应该啊，我高中时期好歹也算人人追捧的校花啊！一定是他们眼光有问题！对，就是他们眼光有问题。”

北北是一个放荡不羁爱自由更爱恋爱的奇女子，她自我评价说：“没有爱的滋养，我这朵美艳的花很快就会凋零的。”

就在她苦恼于无处宣泄自己内心压抑已久的情感的时候，上天赐给了她一个张小二。

北北形容说：“天上掉下个张小二，砸在了我的头上。”

我疑惑地问她：“天上掉下来的，不该是鸟屎吗？”

我被一顿毒打。

3

北北的男朋友张小二在遥远的天津，所以她没事的时候总喜欢朝北望。北北觉得自己能隔着万水千山看到张小二。

张小二每天的生活很规律：吃饭、训练，训练、吃饭。他只能挤出零星的时间陪北北聊天。

两人联系通常都是在夜里。

北北的手机从来没有关过机、从来没有调过静音、从来都是开着数据连接。她总怕一不留神就错过了张小二打来的电话、发来的消息。

无论在哪儿，只要张小二打来电话，北北便会不由分说挂起耳机就与他聊天。哪怕只能说一分钟，甚至是几秒钟，北北都会觉得自己心有依赖。

张小二对北北说："我能给你最好的爱，就是把我所有零星的时间加起来，全都用来爱你。"

我的时光里你一直都在，但我却不知你何时会到来。

北北总盼望着有一天能见到张小二。

4

北北第一次见到张小二，是他休假回家的时候。

张小二坐高铁，从天津到武汉，北北去接了他。高铁到站的时候，天都快黑了。

北北在火车站出站口等了许久，当她看到穿着军装的张小二时，她飞奔而去，一把抱住了不知所措的张小二。然后张小二就听见了北北的啜泣。

北北敲打着张小二的背，痛彻心扉："我要让全世界都知道，我也是有男朋友的人！"

以后的几天，张小二一直陪着北北。陪她上课、逛街、看电影，张小二想把之前没能做的事都做一遍。因为张小二知道，这是他欠北北的。也因为张小二不知道两人的下次重逢，会是何年何月。

北北发现了一个有趣的现象——只要她一喊张小二的名字，张小二就会用嘹亮的声音答道："到！"

因为他的这个习惯，他没少遭北北的调戏。

饭吃得正香时，北北突然喊："张小二！"张小二急忙咽下口中的饭，答道："到！"书看得正入迷时，北北又喊："张小二！"张小二慌张地收起书答道："到！"正悠闲地散步时，北北再喊："张小二！"张小二匆匆回过头答道："到！"原来他把北北落在了后面。

张小二的每一次回答都能增加北北心中满满的幸福感。她不再觉得自己是在和幻想谈恋爱，她也终于可以感受到真真切切的爱情。

幸福其实很简单，说出来也很容易实现：我只想让你一直陪在我身边。

但于北北而言，简单的幸福也是奢望。

每一段异地恋，都像一朵等待绽放的花，与恋人的每一次重逢，就像沐浴了春风一般，瞬间盛开。但离别时刻的到来，又像遭遇了冬寒，即刻凋零。

张小二休假结束，他要回部队了。

从睁开眼的第一秒起，北北的心情就开始低落了。

张小二还在若无其事地逗着北北，可此时的北北，却怎么也高兴不起来。

北北在候车厅送张小二的那段时间是最难熬的。她内心矛盾极了：想让时间过得慢一些，希望能多看一眼张小二；候车厅的嘈杂又让北北本就心烦意乱的情绪变得更加急躁，她想尽快逃离这个地方。

检票的时候，北北还是没忍住，抱着张小二哭了起来。

张小二安慰她说："以后有时间了还来看你，乖。"

北北一个人走出候车厅的时候，想到了一句话：时光是你送我的盆栽，你来时盛开，你走后荒芜。

5

后来他们喜欢上了在夜里聊天。

每天的训练结束后，张小二回到宿舍的第一件事就是给北北发消息：我去洗漱，马上就来。

即使是这样的方式，两人也能聊到深夜。

北北喜欢张小二向她报告自己的行踪，每天固定的时间，北北总能收到张小二发来的消息。

"宝贝，我去吃饭啦。"

"宝贝，我去训练啦。"

“宝贝，我去上哨啦。”

看到这些话，北北总觉得张小二还在自己的身边。

有天，北北像往常一样躺在床上等着张小二的信息，但眼看过了平日的时间，却没有收到张小二的消息。北北心想，或许今天训练结束得晚，那就再等他一会儿。

半小时过去了，北北看了看手机，还是没有消息。她慌神了，思前想后，决定给张小二打个电话。

“您好，您拨打的电话已关机，请稍后再拨……”电话那头，只传来一段未接通的语音。

挂了电话，北北开始胡思乱想：怎么会关机了呢？平常他不会关机的啊，难道出什么事了？这一夜，北北都在等张小二的消息。躺在床上的她毫无睡意。每隔几分钟，她就要看一下手机屏幕。每隔半小时，她就会打一次张小二的电话。但电话还是关机，北北没有收到任何消息。

北北失眠了。

凌晨五点，北北昏昏沉沉的刚入睡，就被一阵手机铃声吵醒了。北北拿起手机一看，陌生的号码。犹豫片刻，她还是接了。

“喂？”电话那头的声音，很熟悉。

北北瞬间就清醒了，“你昨晚干吗去了？手机为什么一直关机？”

张小二先安慰了北北一阵，又向她作了一番解释。

原来，部队里是不允许私自用手机的。张小二为了陪北北聊天，就偷偷买了部手机放到自己的床头。结果指导员巡查寝室的时候，发现了张小二的手机，把手机没收了。

指导员把张小二带到办公室，认真教育了一番后又让张小二写了份检讨书，这事才算了结。

张小二是用部队内部的电话打给北北的。

看到张小二因为自己受批评，北北心里挺不是滋味的。她非但不再生气，还安慰起了张小二："以后我们偶尔打打电话也挺好的，你别再违反规定了。听见没有？"

从那天起，两人的联系中断了。北北只有在极度思念张小二的情况下，才会给他打电话。

没有了张小二的陪伴，北北总是辗转反侧许久才能入眠。

6

暑假时，北北决定找工作挣钱。她在网上联系了一个暑期家教，又在外与人合租了房子。那时已经很炎热，而北北所在的城市又多雨，暑假开始的时候，雨水已经连绵不绝了。北北每天打着伞去做家教，走在路上她会抱怨这座城市的坏天气。

大雨一连几天未停，整座城市俨然成了一座水城。北北在出租房看电视新闻时才知道，连日的大雨已经使武汉发生了洪灾。报道说地铁站内都灌满了水，北北庆幸她在的这座城市没有地铁。

那天晚上，她接到了张小二的电话。张小二说，他要去野外驻训了，要很长一段时间，这段时间不能和她联系了。张小二还问了北北那儿的雨大不大，告诉她注意安全，尽量少出门。

北北说：“知道了，你放心好了。我等着你驻训归来。”

张小二支支吾吾，似乎还有想说的话。

最后他什么也没说，挂了电话。

后来情况变得不可预料，北北所在的城市也因连日的暴雨发生了洪涝灾害，市政府发布紧急通知，要求市民做好应灾措施。

北北因此暂停了家教工作，孩子的家长说为了她的安全，雨停后再继续。北北虽一脸的笑容，满口答应着，但内心还是充满了怨言。家教停工了，北北便无事可做了，只能待在出租房里，哪儿也去不了。

窗外的雨哗哗下个不停，北北躺在床上，看电视消遣。

画面中，一个女记者站在水没过膝盖的马路上，腰间绑着一个绳子。她一手拉着绳子，一手拿着话筒，对着摄像机报道当前的灾情。

看着女记者在雨中飘摇的样子，北北心生怜悯，生怕她被湍急的雨水卷走。北北不忍再看女记者的可怜模样，换了台。

每个电视台都在播着有关洪灾的新闻。

北北停在了一个正在报道士兵抢险救灾的电视台，看着那一身身迷彩服，北北想到了张小二。张小二给她发了很多张他穿军装的照片，北北都悉心保存了下来。

画面中，这群士兵正在抢救一位落水的老人。老人双手紧紧抱着一棵树，体力不支，很难再坚持下去了。士兵们将一根长绳拴在腰间，一排人站成一队，准备蹚水去救老人。

北北注视着那一队士兵，镜头扫过他们的脸庞，其中一个人的侧脸很像张小二，她轻笑了一声。当镜头再次掠过那个人时，北北猛地从床上坐了起来。这哪是像张小二，这分明就是张小二啊！

她疑惑了半天，才想起了张小二几天前给她打的那个电话。她突然觉得，张小二说的驻训根本就是在骗她。想到这里，北北无论如何也坐不住了。北北决定去武汉找他。北北旋即拿出手机，买了当天去武汉的高铁票。

空旷的街道，大雨倾盆。

由于道路都被雨水淹没，城市的公交系统也瘫痪了，北北等不到车，她心一横，徒步走去了火车站。到火车站的时候，北北淋成了落汤鸡。

到了武汉，北北不知道去哪儿找张小二，她就用最笨的方法，见着当兵的就问，一直问到一所医院，北北终于见到了张小二。

但此时的张小二，却躺在了病床上。

北北看着病床上的张小二，哭了。

她无法想象，他们的再次相见会是这种情景。

北北一直守在张小二身前，临近夜晚，张小二终于醒了。

睁开眼睛后的张小二看到病床前的北北，吓了一跳。问她："你怎么来了？"

北北说："我在电视上看到你了，你为什么不和我说实话？你都来武汉了，为什么不告诉我？"

看着北北着急的样子，张小二也沉默了。

自从上级下达要到武汉抗洪抢险的命令，张小二就想到了北北。但他也知道，这是个危险的任务。他不敢向北北说实话，怕她担心。临行前，张小二写了两封遗书，一封是给家人的，一封是给北北的。他想，万一他遭遇了什么不测，也算是给北北一个交代。

张小二抚摸着北北因为奔波而憔悴的面容，对她说："因为我知道这次任务的危险性，我不和你说实话是怕你担心。就在昨天，我的一位战友因为救一位被困在水中的老人，在我眼前消失了。那一刻我才发觉，死神离我是那么近。而我也因为在水中浸泡的时间过长，身体虚脱，一头栽了进去。我都不知道自己是怎么躺在医院的。"

北北扑到张小二身上，哭着说："如果你有个三长两短，让我怎么办啊？"

张小二在医院的那几天，一直都是北北照顾着他。

灾情控制住后，张小二随部队回去了，北北也回到了她的出租房，继续做家教的工作。

不多久，张小二给她发了张图片，照片上是一个荣誉证书和一枚勋章。张小二高兴地对她说，他被授予了个人二等功。

看着证书和勋章，北北很高兴，也很难过。

7

今年春节，北北对我说："张小二过段时间就要退役了，我和他商量好了，等我六月份拿了毕业证书就订婚。”

我回她：“恭喜你啊，熬了这么多年，终于熬出头了。”

北北大笑，说：“我终于要嫁出去了！”

有些事，经历过生离死别才更显弥足珍贵。

北北说，有时候她不禁会想，如果张小二也消失在了洪水中，她不知自己会如何面对。她感谢命运的安排，感谢她没有失去张小二，没有让她的等待错过时光的盛开。

有天我看见北北发的朋友圈：愿此生，再无生离，只有死别。她配了一张只有两枚戒指的照片。

我知道，她等到属于她的幸福了。

我写下一句评论：时光仍在盛开，幸福姗姗而来。

我的世界里，不能没有你

1

有一种爱很霸气，说出来总能惊天动地。

盛壁对坐在他自行车后面的荷叶说：“我要把你照顾到生活不能自理！”

荷叶好一会儿才反应过来，大骂盛壁：“你才生活不能自理。你个大傻壁！”

盛壁猛蹬了几脚自行车后回头，瞪大双眼，怒斥荷叶：“跟你说多少次了？别叫我大傻壁！”

话刚说完，只听得一声惨叫，盛壁带着荷叶栽进了阴沟里。

2

再睁开眼，盛壁躺在了校医院的病房里，右臂手腕骨折，身上多处擦伤，盛壁不敢动弹，一动就疼。

荷叶给他端来了一碗排骨汤，是她专门买来给盛壁喝的。荷叶看着盛壁悲惨的样子，不禁大笑：“还说要把我照顾到生活不能自理，现在却是我在照顾生活不能自理的你。说话能靠谱点儿吗？”

盛壁自知理亏，伸了伸那只还算健全的手，不敢反驳。

片刻，他疑惑地问荷叶：“你怎么没事？！”

荷叶满脸得意，说：“你骑着车栽进沟里的时候，自行车速度太快，你和我都甩了出去。你仰面掉进了沟里，我俯面落入了你的怀里。自行车飞跃到了沟对岸，竟神奇地立在了那儿。所以，我和自行车都没事，唯你重伤。”

听完，盛壁差点儿哭出来，大喊：“为什么受伤的总是我？”

荷叶打断他，说：“别哭了，你个人傻壁，快把排骨汤喝了。”

盛壁先惊，继而大怒，做出就义状，把头扭过去说：“我不喝！不把称呼改了，我是不会喝的！”

荷叶哈哈大笑：“好好好，我改，我改，行了吧。你快喝。”

盛壁这才接过排骨汤，大口喝了起来。

荷叶在一旁看得着急，提醒他说：“你就不能慢点儿喝？又没人和你抢。看你吃饭那样子，咋像个正在冲水的马桶？”

盛壁一口吐在了病床上。

3

荷叶和盛璧的爱情，情节生动，活像一部爱情喜剧。

大一那年，两人在火车站见了人生第一面。

那时还是新生的他们，在火车站的迎新队伍中看到了彼此。

盛璧一看这小妞长得挺水灵，圆圆的脸蛋大大的眼，正是自己喜欢的类型，遂上前搭讪："同学，你是哪个学校的？"

荷叶在心里骂了句"傻子"，又佯装微笑回："我是师大的啊。"

盛璧不觉自己的问题很白痴，兴高采烈地说："呀！真巧，我也是师大的。"

荷叶对这种毫无技术含量的搭讪不感兴趣，没有再理。

坐校车回学校时，盛璧紧跟在荷叶后面，厚着脸皮同她坐在了一起。

一路上盛璧的嘴如连珠炮，荷叶的心如遭雷劈。

一下车，荷叶拉着行李，逃之夭夭到了学长的关怀里。

盛璧一脸气馁，进了新校园。

缘分这东西，不管你信不信，当它到来时总是那么让人措手不及，躲不掉，逃不离，唯一能做的，就是顺其自然，由它而去。

4

盛璧再次见到荷叶，军训已经进行了一个多星期。

那天盛壁在教官的带领下正练习踢正步，突然看见了从他身边呼啸而过的荷叶。他悄悄溜了出去。

盛壁走上前来，拦住荷叶的去路，问她：“同学，你还记得我吗？开学那天咱俩说过话的。对了，好像还没向你介绍我呢，我是金融专业六班的，我叫盛壁。”

荷叶一惊：“啥？啥壁？”

盛壁无奈：“不是啥壁，是盛壁。”

荷叶哦了声，说：“我叫荷叶。”

原本盛壁还想多聊几句，但想到教官发现自己溜了出去，回去一定挨批，匆忙说句“有空聊”，嗖一声跑回了队伍里。

盛壁被罚做五十个俯卧撑，累得他差点儿昏死过去。

大二时，盛壁觉得大学生活甚是乏趣。在百无聊赖之中，他突然想有段感情。

荷叶第一时间涌进了他脑海里。

他制定了一个完美的计划，所谓欲想搞定一个人，必先搞定他身边的人。

盛壁决定采用迂回战术，先从荷叶的室友开始突围。

通过一段时间的侦察，盛壁终于摸清了荷叶身边人的情况。他费尽心力终于逮住了其中一个，和她说了自己的目的，然后说：“先来第一波福利，请你们吃个饭去。”

于是三人瞒着荷叶，与盛壁坐到了餐馆里。

餐馆里的桌子有些小，一面只能坐一个人。他们四个人分别占据了一面江山。

盛壁觉得，这场景有点儿搓麻将的感觉。于是他心里暗自将面前的三位简称为：东风、红中和白皮。

盛壁没有磨叽，直接进入主题："我要追荷叶，你们得帮我。"

三人听了盛壁的话，互相眼神交流，像在密谋大计。

最后东风说："想追荷叶可以，不过想让我们帮你，你需要先帮我们办件事。"

盛壁问："啥？"

东风一脸妩媚："给我们仨一人介绍一个男朋友。"

红中接话："对，荷叶有男朋友，我们也要有。"

盛壁稍加思索后，嘴角露出诡异的笑容："这个不是问题，我们寝室好几条'单身狗'呢。"

白皮一直没说话，盛壁这么一说，忙接口道："别说室友了，同班同学都不可以。你只能找不认识的校友，我们可不想玩连连看。嗯，条件嘛，长相帅气，只限大一。"

盛壁彻底无语。

盛壁回去想了一夜，为了荷叶，他决定豁出去。

第二天，他去商业街做了一个牌子，上写：征男朋友三名，长相帅气，仅限大一。如有意愿，价格面议。

中午十二点时，他抱着牌子，站在了餐厅的门口。他想，人流量大的地方，广告的效果也会更好。

走过的男生用诧异的眼光看着盛壁，盛壁回给他们一个暧昧的表情，吓得那些男生落荒而逃，心有余悸。

盛壁征男朋友的事传遍了整个校园。

盛壁抱着牌子的照片传到了校园贴吧里。东风看见差点儿笑岔气。

她们佩服盛壁的勇气，答应帮他追荷叶。至于找男朋友的事，她们不敢再提，生怕哪天盛壁再做出什么轰动校园的大事件。

盛壁终于加了荷叶的微信，第一句话就是：“我想追你。”

荷叶回了句：“上一边儿去，你不是征男朋友呢么。”

盛壁这才发现自己的行为竟然让喜欢的人产生了这么大的误会，他十分后悔。他向荷叶解释了事情的前因后果，荷叶说他：“你这个大傻壁！”

从此，盛壁在荷叶口中，成了大傻壁。

5

盛壁如愿追到了荷叶。

有次盛壁与荷叶出去玩，荷叶突然问了他一个问题：“咱俩在一起后，你改变最大的一点是什么？”

盛壁一听，眼神里泛出缕缕淫光，一脸贱笑又意味深长地说：“有些事，从此不再一个人做。”

荷叶一脸的嫌弃：“滚一边儿去！”

在一起后，盛壁发现了一个规律：荷叶一生气就爱玩失踪游戏。

有次他俩走在路上，荷叶突然问了句：“你爱不爱我？”

盛壁当时脑子里不知在想什么，回答得略有犹豫：“当然爱了！”

荷叶显得很失望：“你犹豫了三秒，你根本就不爱我！”

盛壁一脸懵：“我……我没有犹豫。”

可这会儿荷叶已经跑出了他的视线。盛壁没有追过去，等他准备找荷叶时，跑遍了整个校园，怎么也找不到荷叶的踪迹，吓得盛壁差点儿报警。

这时他收到荷叶的一条短信，上面说：我在你给我过第一个生日的餐馆里，五分钟内不出现，我不再属于你。

盛壁这下急了，借了辆自行车，飞一般赶往餐馆。用时四分四十七秒，荷叶看见了盛壁。

当盛壁气喘吁吁地站在荷叶面前时，荷叶给他看了看她手中的手机，上面是个计时器。荷叶说：“时间还没过，凡事可以再议。”

盛壁松了一口气。

他们的感情危机出现在大三下学期快结束的时候。

荷叶在学校的学生会里干得风生水起，到大三卸任时，她已经当了一年的学生会副主席。送别这一届学生会干部的晚宴上，大家玩得很尽兴，最后非嚷嚷着要荷叶与学生会主席喝交杯酒。荷叶起初很不乐意，可最后实在推脱不掉，只得答应。

就在两人准备喝酒的那一刻，盛壁推门站在了那里。空气瞬间凝固，鸦雀无声。

盛壁转身跑了出去。荷叶紧跟着出去追盛壁。

可她没有找到盛壁。

她给盛壁发消息，解释他看到那一幕的原因。可无论她说什么话，盛壁都没有回。

盛壁躲在宿舍的被窝里郁闷生气。他看了荷叶的消息，心里很不是滋味。临睡前，他给荷叶发短信说：你那么不在乎我们的感情，干脆我们分手吧！

午夜十二点，盛壁突然被手机铃声吵醒。他拿起手机一看，是东风发来的信息。她说：荷叶还没回寝室，不知去了哪里。

盛壁睡意全无，打了几通电话给荷叶，都是无人接听。他开始担心起来，责怪自己草率说分手。

寝室早就关了门，他没法出去。最重要的是，他还不知道荷叶到底在哪儿。正在他焦头烂额的时候，荷叶终于回了他的信息：我坐火车到另一个城市了。此时的夜色格外美丽，你要来吗？有些话我还是想说给你听的，纵使你认为我背叛了你。你若来，我下车等你。

盛壁无比着急，想方设法要出去。情急之中，他有了一个主意：他把五个床单系在一起，绑在阳台上，从三楼顺着墙滑了下去。盛壁赶到火车站，买了最近的火车票，赶往荷叶去的那座城市。此时的盛壁对这座城充满了恨意。火车上，盛壁一遍遍叮嘱荷叶：不要乱跑，注意安全，我马上就到。

天破晓时，盛壁终于见到了一脸倦意的荷叶。

盛壁强忍着内心的怒火，斥责荷叶："你疯了吗？"

荷叶委屈地哭了："谁让你不要我了呢！"

盛壁把荷叶搂在怀里，向她道歉："我错了，行了吧。以后别做这样的傻事了，听到了吗？"

荷叶依偎在他身旁点了点头。

恋人之间的矛盾，来如风，去如雨。一阵狂风暴雨之后，往往会雨过天晴，有时还顺带挂个彩虹。

在火车站旁的餐馆吃了早饭，盛壁问荷叶："现在干吗啊？"

荷叶说："来都来了，干脆咱俩就在这儿玩玩。"

说完，荷叶一把拉过盛壁，走进人群中。

他们在那里疯玩了三天，把想看的、想吃的、想做的，从头至尾完成一遍之后，荷叶对盛壁说："玩够了，我们回去吧。"

盛壁看了看自己的钱包，心中暗暗发誓："以后无论发生什么，都要看紧荷叶不能让她溜出去。"

6

大四寒假，盛壁带荷叶回了家。

盛壁的父母见到荷叶后热情的样子让她仿佛看见了自己未来嫁到

盛壁家的情景，荷叶一时激动不已。为了给盛壁的父母留下好印象，她的一言一行都尽量表现得很得体，说话柔声细语，干活手脚麻利。

荷叶在盛壁家住了七天，腊月二十九，她准备回自己家了。

盛壁去送她的时候，高兴地对她说：“看样子我妈很喜欢你。”

听了这话，荷叶更高兴了。

没想到盛壁一回家，他妈就对他说：“这个女孩子，看着挺懂事，手脚也麻利，就有一个问题，妈不是很满意。”

盛壁问：“啥？”

他妈说：“个子有点儿矮。儿啊，要不咱再找一个吧。”

盛壁始料未及，与他妈长谈好几个小时，说了各种大道理，最后他妈还是没改变主意。盛壁觉得只得采取强制措施了。他想了想，决定效仿荷叶，也狂奔三百里。

他准备离家出走。

第二天是除夕，盛壁给自己找了个借口，走出了家门。傍晚给他妈发了条短信：我要离家出走，你不答应我娶荷叶，我就不回去！

盛壁妈开始没在意，以为这孩子在冒傻气。可到了晚上，外面鞭炮声响起，其他人家都在守岁吃团圆饭过除夕，唯独盛壁家冷冷清清，只剩俩老人。

盛壁妈慌忙给盛壁发短信说：儿啊，只要你回家，娘啥都答应你。

收到这条短信，盛壁欢欢喜喜，从网吧回了家。

7

荷叶考上了本校的研究生，盛壁也如愿进了一家外企。

他俩在学校附近与人合租了房。为了给荷叶一个家的感觉，盛壁多花了几百元，租下了主卧。

住进合租房的第一夜，盛壁抱着荷叶躺在床上，对她说：“等我挣钱了，让你住只属于我们两个的房子。”

荷叶幸福地点点头：“嗯，我等着你。”

荷叶研究生快毕业时，盛壁把工作两年多攒下来的钱，连同父母帮他出的钱，放在一起付了一套房子的首付。

盛壁向荷叶求婚，他说：“我想和你一起住进我们的房子里。”

荷叶点头同意。

搬家那天，荷叶正收拾着东西，忽然发现桌子底下的角落里放着一个记事本，似乎是很久没有打开过了，封面落了一层灰。

荷叶拾起，抖了抖灰尘，翻开了本子。

里面的文字让荷叶惊讶不已。本子里记载着他俩在一起的点点滴滴。盛壁把他们经历过的每一件事，都工工整整地写了下来。荷叶读着读着就勾起了对往事的无尽回忆。

荷叶心里骂盛壁：这个大傻壁，没想到心思倒挺细腻。

本子的最后，是盛壁写给她的一段话。

荷叶：

我想，我写的这些东西，你很可能没机会看见。不过没关系，反正我也是写给自己。你总爱叫我大傻壁，虽然不好听，虽然我十分排斥这三个字，可时间长了，你不这样叫我反倒不习惯了。这里有我们的点点滴滴，我把我们的欢声笑语存进了记忆。你说我傻我就傻，你说我疯我就疯。我只想告诉你，我的世界里，不能没有你。

荷叶转身，抱住了不明所以的盛壁。

8

每一段爱情的到来都蕴藏着深意，能够平平凡凡地走到最后，已实属不易。生活常伴风雨，晴天也有霹雳。无论此刻的你身在哪里，我都希望有人能陪着你，走遍万水千山，踏过雪山鸿泥。

最后我想告诉你：

世上所有的爱，都不需要道理。

你若有勇气，爱就有勇气。

喜欢一个人，就玩命爱去。

最后你会发现，他也在那里，等你。

朋友，愿你如愿。

成都，带不走的只有你

2017 年春节期间，民谣歌手赵雷的《成都》火遍了大街小巷。

微博上有个姑娘给我发私信说，她每听一次《成都》就会哭一次。五分二十八秒的歌曲，听到最后，她已泪流满面。

我问她为什么。她说："因为我就生活在成都，我的爱，也埋没在了《成都》这首歌里。"

带不走的只有你，留不下的也只有你。

1

姑娘叫南风。

2010 年，南风大三，认识了海宇。

那时的南风担任着英语系的学生会主席，而海宇则是中文系的学生会主席。两人经常在一起开会，聊着聊着就熟悉了起来。

后来南风才知道，海宇是个十分有才华的文学青年，经常在杂志上发表文章。他同时还担任着学校文学社的社长，主编着一本杂志。

南风在杂志上看到过海宇的文字，读起来让人很温暖，回味无穷。

后来南风再见到海宇，总会喊他："大作家，你好啊。"

海宇连连拒绝："别这么喊我，我还差得多呢。"

新生开学时，社团招新，南风在文学社的招新处，看到了海宇。她走上去，打了声招呼："大作家，你亲自坐镇招新啊？"

海宇笑了笑："是啊。"

南风看到桌子上摆了许多杂志，《意林》《青年文摘》《读者》《萌芽》，等等。随手翻开一本，都能在目录上看到海宇的名字。南风问："这些都是你发表过文章的杂志吗？"

海宇又笑："是啊。"

南风眼中满是羡慕。

接下来的一整天，南风都拿着杂志在为文学社宣传。她跑遍了整个操场，见人就喊："有没有喜欢写东西的？如果有，请加入扬帆文学社，这里将会是你的梦想扬帆起航的地方。加入文学社，就可以与最有才华的社长探讨文学，还有机会在《读者》《意林》《青年文摘》等杂志上发表文章哦。"

多亏了南风的努力，活动结束时，文学社招了不少人。

海宇说："谢谢你今天的帮忙啊。"

南风也不客气："你不打算请我吃顿饭？"

海宇挠头："好，请你吃饭。"

南风屁颠屁颠地和海宇去了饭馆。

2

参加完一场报告会后，两人走在路上，南风问海宇："你有女朋友吗？"

海宇摇摇头，说："没有。"

南风犹豫了一会儿，说："那，你做我男朋友吧？"

海宇一脸的诧异："啊？"

然后两人便走到了一起。

南风总欺负海宇。

海宇是北方人，不能吃辣。而南风是地道的川妹子，从小在辣椒罐里长大的，活脱脱一个辣妹子。有首歌唱得好：辣妹子从小辣不怕，辣妹子长大不怕辣，辣妹子嫁人怕不辣，吊一串辣椒碰嘴巴。辣妹子秉性豪爽，一顿饭没了辣椒都不行。

南风知道海宇不能吃辣后，哈哈笑了半天，然后一脸阴险地对他说："小子，以后你可要受苦了，哼哼哼……"

南风没有食言。

每次出去吃饭，南风都会要求老板在菜里多放点儿辣椒。本来就辣的菜，这下更辣了。每次吃完，海宇都要喝很多水冷静会儿。

北方人爱吃面，海宇也是。位居西南的成都，幸好不是全然没有面食。海宇最喜欢吃的是担担面。和南风在一起前，每次吃饭，海宇都要特意嘱咐店家不放辣，一点儿辣都不要。可与南风在一起后，海宇再也没吃过不辣的饭了。

既然选择了和辣妹子谈恋爱，那爱情不得火辣辣点儿嘛！

海宇被辣得很幸福。

海宇平常最大的爱好是看书。每天只要没事，他就会去图书馆待着，看看书、写写文章，俨然一个书呆子。

来成都三年，他几乎没出过校门。南风知道后，觉得耸人听闻。她感叹："学霸的世界，我不懂啊。成都好歹也算是个人杰地灵的城市，享有'天府之国'的美称。你来了不去转转，对得起成都吗？"

南风问海宇："你难道就没有出去逛逛的欲望吗？"

海宇嘿嘿笑笑："这不是没有时间嘛。"

南风无语："马上就大学毕业了，你还没有时间？"

南风二话不说，拉着海宇就出去逛了。

三天的时间，两人几乎逛遍了整个成都城。

回到学校后，海宇说："我活了二十多年都没走过这么多路！"

南风拍了下他的肩膀："小子，那你不得感谢姐姐我？"

海宇翻了个白眼："我谢谢你啊！"

躺床上歇了三天，海宇的脚才消了肿。

不过说起来海宇的脚也没白肿。下床后，他趁着脑袋清醒，写了篇散文《游成都》。文章发表后，引起了极大的关注。凭着这篇文章，海宇还获得了征文比赛的一等奖。领奖的那天，南风陪着他。南风说：“你看，要不是我带你游了一圈，你怎么可能会写出这篇文章呢？所以，要不要请我吃顿饭？”

海宇一脸无奈：“好好好，你的功劳，回去就请你吃饭。但不能再吃辣了！”海宇差点儿哭出来。

南风笑懵。

3

上大学后，海宇一直有一个梦想，就是毕业后去非洲孔子学院做志愿者。他为此做了很多准备，查阅了许多资料，也咨询了老师。

这是他入大学以来最想实现的目标。

海宇把他的想法告诉给了南风，南风质问他：“为什么非要去非洲呢？待在这里不好吗？”

海宇不知怎么回答，只是十分坚定地说：“能够去孔子学院做志愿者，是中文系学生最自豪的一件事。这是我的梦想。”

南风问：“需要去多长时间？”

海宇说：“一年。”

南风沉默了。

大四，海宇终于通过了种种测试，获得了为数不多的几个志愿者名额之一，他兴奋地将这个消息告诉南风，南风只是沉默地点点头。

拿到毕业证那天，海宇开始着手准备去非洲的事宜。

南风找了份工作，每天赶地铁上下班。回到家，有时已经十一二点。

走前那晚，海宇抱着南风说："我明天就要去非洲了，你在家照顾好自己。等着我，一年，我就回来了。"

南风累得几乎快睡着了，只是嗯嗯地答着。海宇看着南风的可爱模样，笑了。他亲了下南风的额头，抱着她沉沉睡去。

第二天醒来，海宇收拾行李箱。南风从背后一把抱住了他，泪水决堤："你能不能不去非洲？我不想你去非洲，你别走行不行？"

海宇有些不知所措，他觉得南风是舍不得他，安慰她说："乖哈，我很快就回来了。"

南风还是不依不舍："我就是不想你离开我，你就不能不去吗？"

海宇有些不耐烦，但还是耐着性子说："这是我一直以来的目标，眼看它就要实现了，我现在不能放弃啊。"

海宇走了，留下南风一个人在出租房内伤心欲绝。南风没想到，海宇会丢下自己一个人去机场。她痛哭，却不能让海宇留下来。

难道，让一个人留在身边陪着自己，就这么难吗？

上飞机前，海宇给南风发了条短信："宝贝，我要走了，希望你能理解我。"

南风看到短信，内心极为痛苦。她对这份爱不再抱有任何幻想，如果我不是你生命中最重要的存在，我的挽留还有什么意义呢？她想了很久，逼着自己回了一条短信："如果你执意要走，我们就分手吧。"

海宇坐在飞机上，看到这条短信，郁闷不已。他觉得，南风是在无理取闹。索性，就没回她。

你给不了我要的爱，我可不可以选择离开？

4

到了非洲，海宇给南风发信息报平安。他还专门找了个有网络的地方，发了张他拍的照片。

南风看到消息同样没回他。在她心中，海宇已成了陌路人。

海宇却不知情，他一有空就联系南风。

非洲的景色很美，可海宇觉得景色再美，也没有南风美。到了非洲没几天，海宇就开始思念南风了。

在非洲，海宇每天的工作就是为那些在孔子学院学习的孩子们上课。看着一双双黝黑的皮肤下充满期待的瞳孔，海宇觉得自己的选择没有错。

非洲不仅景色宜人，还有许多奇珍异宝。海宇不再像大学时只待在学校了，有时间他便出来逛逛所在的国家。

海宇买了许多非洲的特产，虽然不值什么钱，但海宇想把这些东西寄给南风，给她一个惊喜。

他将这些东西寄回了成都。

十多天后，他想着快递应该到了成都，便发消息问南风："你收到我寄的快递了吗？"

南风的回复却让他十分意外。南风说："你丢下我走的那天，我就已经对这份爱失去信心了。我想，我们还是不要再联系了，就此别过吧。”

海宇犹如遭遇当头一棒，不知所措。

又过了些日子，海宇收到了一个快递。当他拿到快递的时候才知道，南风根本没有签收，快递又漂洋过海，寄了回来。

海宇的心彻底伤透了。

他终于决定，与南风分手。

海宇最后一次给南风发了消息：“南风，很抱歉我不能陪你在身边，但我还是要追求自己的梦想。希望你能好好的，照顾好自己。既然你已经决定要分手了，我想我尊重你。正式回复你一句：我接受了。祝好，再见。”

南风只回了两个字：“再见。”

此时，海宇到非洲不足两个月。

许多时候，距离是毁灭爱情最大的凶手。对于恋爱中的人来说，距离产生不了美，只能产生陌生感。

5

一年后，海宇回国。他被安排到毕业的学校工作。

阔别一年，他终于又踏上了成都这片土地。

下飞机的那一刻，海宇第一个想到的是南风。可他知道，他与南风已经分手了。他想，南风或许已经开始了新的生活，他不能去打扰她。

海宇的生活安顿下来后，开始了按部就班的工作。成都这座城市带给他的回忆太多了。这里有他四年的光阴，每到一处似乎都能找到过去的印记。唯独身边没有了南风的陪伴。

而南风呢？

时间过得匆匆，她已经忘记海宇该从非洲回来了。与海宇分手后的一段时间，她也曾彻夜失眠，伤心不已。但现在，她不再触景生情，有的只是每日忙碌的疲惫与焦虑。

物是人非，物还是，人已非。

每逢周末的闲暇之余，南风总爱去看电影，享受一个人的美好时光。

这天，她出了影院正准备回家，看到迎面而来的一个人十分像海宇。南风以为自己认错人了。但当她回过头，看到那个人的背影时，南风确信，那就是海宇。

她不顾一切跑上前，大喊："海宇！"

那人回头，双目对视。

咖啡馆里，南风和海宇，分别一年多后又坐到了一起。

南风说："你不知道这一年我是怎样度过的。"

海宇很愧疚："对我当初的坚持给你带来的伤害，我向你道歉。可无论如何，那些都已经过去了，我们都应该向前看。最近过得好吗？"

南风笑了笑："还能怎样，老样子呗。你呢？"

海宇说："我也是。一个人习惯了，也就没什么不好了。"

南风这才意识到，海宇现在还是一个人。

回到家，南风躺在床上，内心久久不能平静。她从没想过还能在这座城市遇见海宇。一个人的生活让她烦躁。她为自己当初的决绝感到后悔，如果不是她执意要分手，或许此刻，海宇正躺在她身旁。

遇见海宇后，南风内心的情愫又被点燃。她知道，自己还没有忘记海宇。

在挣扎了多个夜晚之后，南风给海宇发短信："我们……能重新在一起吗？"她期盼着得到海宇肯定的回答。

她没等来回复，等来的是海宇的邀请："我想和你见个面。"

两人在他们曾经来过的饭馆见了面。

海宇问南风："你现在还没有男朋友吗？"

南风说："没有，我想和你重新和好。"

海宇有些犹豫："南风，我觉得……我们还是做朋友比较好。毕竟，有些事情，过去了，就真的过去了。所以……"

南风没想到，海宇会这样答复自己。但她还不想放弃："没关系，我会给你时间考虑。"

海宇有些为难："南风，是这样的，我回国工作了一段时间后，还是觉得自己更喜欢非洲的生活。所以，我仍准备去非洲。学校已经批准了我的申请……"

南风没有再抗拒："我等你，这次无论你去多久，我都等你。"

海宇不知该说什么。

海宇再次坐上了去非洲的飞机。他发现自己对非洲那片土地的热爱远高于自己的故乡。所以，他义无反顾地走了。

南风去送他。上飞机前，南风对他说："无论你去多久，我都在这儿等你回来。"

海宇劝她："南风，我不希望你把时间都浪费在我身上，我希望你过好自己的生活。"

海宇走时，已经进入 2013 年的岁末。成都每天都是大雾缭绕，犹如仙境。

南风不知道她是否能等来海宇。

2014 年 2 月，海宇到达非洲的第三个月，非洲爆发了大规模的病毒疫情——埃博拉。埃博拉病毒犹如一个幽灵，迅速在非洲肆虐起来。

南风得知这个消息后，第一时间联系海宇。海宇说他所在的单位卫生条件好，不用担心。但他准备前往受灾地区做志愿者，帮助那些感染了疾病的人。

南风十分着急，问他："你能不能不去？"

海宇说："这是我的义务，我不能推辞。"

南风虽然担心，却只能叮嘱他："那你一定要保护好自己！"

海宇说："你放心吧。"

每天，南风都急切关注着海宇的情况。下班回到家，她总要先联系海宇，确保他还是安全的。

疫情快被控制住的时候，南风终于松了口气。就在这时，她联系不上海宇了。

南风害怕了。她来到学校，找到当地孔子学院的电话，打了过去。听到结果，南风瘫在那儿了：海宇感染了埃博拉病毒，已经被隔离。

南风哭着对电话里的人说："你们一定要救他，一定要救他……"

6

南风独自在成都又生活了两年。两年来，她穿越整座城市，想找到些海宇和她曾留下的记忆。可是，她什么都找不到了。

偶尔，她会想念海宇。每当这时，她就拿出海宇当年发表在杂志上的文章读一读。南风知道，这些文字里藏着海宇的过去。

她也曾责怪自己当初太绝情，不然她就能陪着海宇走完人生的最后一程，而不是让他一个人孤独离去。

2017 年春节过后，南风和我说，她准备离开成都了，想去一个没有去过的地方，开始新的生活。

她说："成都这座城市，让我成长了许多。这里有我的过去，有我曾经的恋人。但它带给我的更多的是无以复加的痛苦。两年了，我虽然已经释怀，却没了勇气再在这里生活下去。想说的话说完了，想讲的故事也讲完了，我该走了。"

我的耳边，又响起了《成都》的旋律：

让我掉下眼泪的，不止昨夜的酒
让我依依不舍的，不止你的温柔
余路还要走多久，你攥着我的手
让我感到为难的，是挣扎的自由
分别总是在九月，回忆是思念的愁
深秋嫩绿的垂柳，亲吻着我额头
在那座阴雨的小城里，我从未忘记你
成都，带不走的只有你
……

他们的异地恋

你经历过异地恋吗？体会过那种想念不能相见的痛苦吗？

下面，我想讲几个关于异地恋的故事。

1. 我为你翻山越岭，却无心看风景

小鱼拿出大学四年积攒下来的火车票，递给我说："南哥你看，这是我四年感情的见证啊！"

我看着那一摞厚厚的火车票，感慨万千。

小鱼与她男朋友钱辰，一个在郑州，一个在上海。他们之间，隔了近千公里。

小鱼是个十分黏人的姑娘，做什么事都想让人陪着。我

问她为什么。她说："一个人会害怕，没有安全感。"

但那个她最希望陪伴自己的人，却不在她身边。

小鱼的男朋友钱辰在上海读大学，几乎两个人所有的联系都是通过手机。

早上刚睁开眼，小鱼做的第一件事就是给钱辰发消息：早安，亲爱的。

每当小鱼遇到了什么高兴的事，总想第一时间告诉钱辰。但当他不能第一时间回复时，小鱼就会很失落。

每次放假，无论多重的东西，都是小鱼一个人拎。有好几次，小鱼拉着沉重的行李箱赶火车，因为箱子太重自己抬不动而耽误了时间，错过了火车。小鱼抱着箱子，委屈地哭了起来。

她打电话给钱辰，钱辰也只能安慰她几句，并不能如她所愿，一眨眼就站在了她的面前。小鱼多么希望自己的男朋友能陪着她啊。

最让小鱼感到孤独的是她一个人去餐厅吃饭的时候。虽然大多数时间，小鱼都是和室友一起。但室友偶尔有事时，她只能一个人吃饭。

她孤零零地坐在餐厅里，看着来来往往的人，十分伤感。她仿佛觉得自己与他们不是一个世界的人，无论外面多么喧嚣，小鱼的内心都是孤独而寂寞的。

时间久了，每当剩下小鱼一个人的时候，小鱼就把饭带到寝室。她不敢再坐到餐厅了，她害怕一个人的感觉。

小鱼会经常想念钱辰。上课的时候想，吃饭的时候想；睡觉之前想，早上醒来也想。

每隔几个星期，小鱼就会坐车去找钱辰。

小鱼做兼职挣来的钱只能买张硬座票。十几个小时的路程，小鱼几乎不吃任何东西。她也不敢睡觉，她害怕自己的东西被别人偷了。一路上，胆小的小鱼抱着自己的包，蜷缩在座位上，疲惫不堪。

最让小鱼欢喜的是她见到钱辰的时候。

无论多么疲惫，小鱼都会一把抱住钱辰，然后放声哭泣。钱辰也知道，小鱼是个特别脆弱的姑娘。他知道自己无法照顾好小鱼，他很自责，也很无奈。

能够见到钱辰，小鱼总是高兴的。

为了弥补心中的愧疚，钱辰会带着小鱼在上海玩几天。

小鱼对我说："南哥你知道吗，我这几年去上海，几乎逛遍了整个上海。虽然我不是上海人，也不住在上海，但我觉得自己比一般的上海人还要了解上海。"

小鱼看了看自己手中的火车票："都是拜它们所赐。"

最伤心，不过离别。

无论小鱼在上海待多久，她总是要回来的。

这也是她最不愿想到的事实。

每次分别，她都要比来上海时更痛苦。来时无论怎样受苦，都是为了相见。离开时，却是真的要离开了。看着小鱼依依不舍的表情，钱辰也很难过。他只能安慰小鱼："我们很快会再见面的。"

来回两千公里，是身的距离，也是心的距离。

路途遥远，车轮滚滚。翻过许多座青山，跨过许多条河流，却都无法吸引我的注意。因为我的心里只有你。去时是你，来时也是你。

我不爱风花雪月，我只要你。你就是我心中最美的风景。

2. 我想和你面对面吵架

雪妍姐是我的学姐，比我大两届。大一时，我因为参加学校电视台的招新而认识她。

毕业前，她一直单身。我问她："怎么不找男朋友啊？"雪妍姐爽朗地回答："找到的时候，会和你说的。"

我大三时，雪妍姐回学校看我。我们俩在餐厅吃饭，她感叹："一晃，我毕业都已经一年了啊。"

"是啊，我马上也要毕业了啊。雪妍姐，你都毕业一年了，找男朋友了没？"

雪妍姐正在吃热腾腾的刀削面，挑起一筷子面，吹了两口，放进嘴里前，赶忙回我句："找了，公司认识的。"

我大吼："真的？这位帅哥现在在哪儿啊？"

雪妍姐看了看我，淡定地说："公司把他调外地了。"

我惊讶地喊了句："啊？那你不成异地恋了？"

"对啊。异地恋挺好的啊。就是有一个缺点……"

"啥？"

"不能当面吵架。"

我晕。

雪妍姐的男朋友是个木讷的男人。这是雪妍姐亲口告诉我的。

他有点儿大男子主义倾向，凡事都想依着自己的性子来。雪妍姐有异议时，两个人就会吵架。

雪妍姐的男朋友没被公司调走前，两人一吵架，雪妍姐就会搬个凳子坐在他的面前，冷冷地看着他。

他被看的发怵，问雪妍姐："你看什么？"

雪妍姐调侃他："我看你长得帅啊，这张脸一生气更帅。"

雪妍姐这样一说，她男朋友的大男子主义特性就涌了上来："随你怎么看，反正这件事我说了算。"

两人吵架的原因有很多，有时甚至是因为一些微不足道的小事：晚饭吃茄子还是吃豆角啦；包子买肉的还是素的啦；上班是打车还是坐公交啦；甚至，连雪妍姐内衣买什么颜色都会吵起来。

我问雪妍姐："每天吵架你不烦吗？"

雪妍姐摇头："不烦，我很享受。看着他气急败坏的样子我就高兴。"

我鄙夷地看着她："你这是什么心理啊？"

雪妍姐说："吵架是爱情的黏合剂。大吵伤身，小吵怡情。不吵架的爱情是不会长久的。"

我愣愣地看着她，觉得她说的好有道理。

但雪妍姐的男朋友被公司调走后，两人相隔十万八千里，别说吵架了，说话都成了问题。

每天除了简单地聊几句外，其他的时间几乎全放在了工作上。毕竟已经过了卿卿我我的年纪，没有了整日甜言蜜语恋恋不舍的情趣。除了柴米油盐，就是酱醋茶烟。

雪妍姐说："与他分开一段时间之后啊，还真有点儿想念和他吵架的日子。因为只有在那个时候，两人才能毫无顾忌地说话，想到什么就说什么，想怎么骂就怎么骂，全无顾虑。"

我爱你的方式，是和你说话；我更爱你的方式，是与你吵架。

我对你的爱很独特，全世界也找不来第二个。

雪妍姐的男朋友调走后，雪妍姐的生活就变成了一个人。一个人上班、下班、吃饭、逛街。

想他时，偶尔也会打打电话。两人除了闲聊，再也不吵架了。

我问雪妍姐："为什么喜欢当面吵架？"

她说："因为吵过架之后，还可以依偎在他的怀里。那种感觉告诉我，这个人就在我身边，即使吵得再厉害，也不会离我而去。"

原来，吵架是借口，陪伴，才是没有说出口的秘密。

3. 想你的时候很美味

苏茫是个吃货，在我们的圈子里，她吃遍天下无敌手，赢得了所有人的掌声。

我们都说，以后谁娶了她，一准被她给吃穷。

因为爱吃，苏茫的爱情也与吃结下了不解之缘。

苏茫第一次见她男朋友谢源的时候，是作为公司的谈判代表，与他交谈合作的事情。会议结束后，两人出去吃饭，谢源客气地问她想吃什么。苏茫不客气地说：“我想吃好多好多东西。”

谢源笑了，他认为一个女生不会吃太多东西。他潇洒地说：“那我就带你去吃啊。”

然后，谢源彻底对苏茫佩服得五体投地。她把美食一条街从头吃到了尾。再想从尾吃到头的时候，谢源一把拉住她，乞求道：“大小姐，咱下次再吃吧，我实在吃不下了。”

回去之后，苏茫收到谢源发来的短信：“要不，你做我女朋友吧。”

苏茫有些惊讶：“啊？”

谢源说：“我喜欢看你吃饭时候的样子。”

苏茫娇媚一笑，答应了。

对于这段感情，我们都很惊讶。没想到吃货的爱情来得这么容易，吃顿饭就走到了一起？难道吃货不该是被嫌弃的吗？一群单身狗表示受到了一万点暴击伤害。

谢源与苏茫不在一个城市，但两个城市离得不算远，坐轻轨半个多小时就到。

苏茫说：“你别看我们两个公司的合作没谈成，但我俩谈着谈着，就谈到一块儿了。这叫什么？这叫缘分啊。爱情来了真是挡都挡不住啊！”

她说这话的时候，我们都埋汰她，说她是踩了狗屎运。

苏茫不以为然，每逢周末她都要去谢源的城市，蹭吃蹭喝。

每次她回来，都是挺着个大肚子。我们担心这样下去谢源会被她吃跑。

苏茫说："不会的，他最喜欢的就是我吃饭时候的样子了。而且，他也不嫌弃我吃啊。"

我们给她一个白眼。

自从苏茫与谢源在一起后，她就再也没和我们一起去吃过饭了。因为每到饭点，她就会收到一份外卖，谢源定的。

好长一段时间，苏茫每天都吃着不重样的饭，让我们好生羡慕，羡慕她有个这么宠她的男朋友。

每当苏茫想谢源的时候，她会去吃一份麻辣烫。她说，麻辣烫代表着谢源，吃一顿就不想他了。

吃货的爱情永远充满着乐趣。你送她玫瑰，她也可能做成玫瑰饼吃下去。

我爱吃东西，但我更爱你。如果让我在美食与你之间选一样，我会毫不犹豫，把你当美食吃下去。因为这样，每当我想起你，我就能想到龙虾、大闸蟹和水煮鱼。

想你的时候很美味。因为每一道菜都在告诉我，我爱你，就像味蕾爱着酸甜苦辣，胃口爱着鱼肉米虾！

4. 请当面说分手

我的好哥们雷阳和我说，他准备去一趟武汉。

我问他：“你去武汉干什么？约会？”

雷阳淡淡地吸了一口烟，吐出烟圈时他平静地说：“分手。”

雷阳与他女朋友疏疏已经谈了好几年了，两人是在网上认识的，那个时候还很流行网恋。

那时，雷阳最喜欢的一件事就是待在网吧打游戏。当时最火的游戏是“穿越火线”，他一玩就能玩一夜。

雷阳玩得很溜，装备很强，等级也很高，很多人请求加他为好友求指导。

雷阳只答应了一个人，那个人就是疏疏。

最初，疏疏称呼雷阳为师傅。叫了没多久，雷阳听着有些别扭，就和疏疏说：你别叫我师傅了，叫我哥就行。

疏疏答应：嗯！

雷阳和疏疏成了好友后，没事两人就聊天。聊的时间长了，雷阳发现自己喜欢上了疏疏。他就对疏疏说：疏疏，我喜欢你。

疏疏调皮，回他：呀！这么巧，我刚好也喜欢你。

两个人在一起了。

雷阳在天津，疏疏在武汉，两人认识这么久从未见过面。两人确定关系的一个月后，雷阳去武汉找了疏疏，那是两人见的第一面。

疏疏比雷阳小两岁，一脸长不大的样子，雷阳总宠着她。

疏疏说：“你真好。”

雷阳笑笑，说：“你更好。”

然而他们的爱情并不顺利，摆在他们眼前的是一道无法逾越的鸿沟：雷阳希望疏疏去天津，疏疏的家人不让她离开武汉，一直僵持着。

雷阳与疏疏坚持了两年，期间，他们也只见了三四面。

疏疏想来天津找雷阳，被她父母发现，他们死活不让疏疏出门。

雷阳听着疏疏痛苦的哭声，心头一紧，冒出了个想法，他对疏疏说："要不我们分手吧。"

疏疏不同意，雷阳说："我会去找你。"

雷阳坐飞机去了武汉。

见了疏疏，雷阳说："或许我们的爱注定不会有结果。都说距离不是问题，到最后却发现，距离成了最大的问题。如果我们相爱带给你家人的是痛苦，我宁愿选择离开。"

疏疏哭得很厉害。

雷阳接着说："表白的时候，我们隔着屏幕。我不想分手的时候，也隔着屏幕。今天我来这儿就一个目的——当面向你说分手。"

疏疏站在他面前哭得不能自已。雷阳拭去她脸上的泪水，说："不要哭，我会永远记得你，永远记得我们相爱过。我希望多年后你回忆起这段感情，是笑着而不是哭着。答应我好吗？"

疏疏啜泣着点头。

异地恋的苦，最让人心伤。我们隔着屏幕牵手，隔着屏幕拥抱，隔着屏幕亲吻。每一个表情符号，都代表着我对你的爱。它们高兴，我也高兴。它们伤心，我也伤心。

我们的爱，活在手机里。但如果不爱了，我希望这份爱能逃脱手机，给我一些真实感，哪怕是伤痛。

最后的别离，我希望可以亲口告诉你。

每一段异地恋，都有属于自己的故事。

这些故事或喜或悲，但它们都是人生经历的一部分。

有些人害怕异地恋，怕感情经不起折磨。但我想说你只要有接受异地恋的勇气，你就已经成功了。而这份感情，无谓惊喜，无谓忧愁。

如果爱，请深爱；如果不爱，请给这份爱应有的尊重。

感谢你陪我度过漫漫人生

总有一个人，教会你成长／母亲／姐姐姐姐／这世界，我来了／看，那个远去的少年

Chapter

4

总有一个人，教会你成长

基本上每周我都会固定地给一个号码打上一通电话，时间不长，内容不多，多是些询问近况和嘱咐生活的话语。

独自在离家稍远的城市上学，偶尔夜深人静时，内心会翻涌出念家的情愫。与其说念家，其实是想念另一个孤居在家里的人——我的父亲。

1

父亲是个生意人，这是从小留在我记忆中的印象。

从我记事起，家里便一直在做生意。不同的季节收购不同的农作物，花生、玉米、小麦、菜籽，等等。现在家里还有一个闲置了很久的剥花生机安静地伫立在那里，它表层生满铁锈，饱经风霜的样子见证了父亲这些年来的部分人生。

我入学懂了点儿知识后，听老师讲“无商不奸”这个词时，一直很困惑。如果按照这一理论，父亲是不适合做生意的，用家乡话说，父亲这个人太实诚。可就是这么一个实诚的人，不仅做起了生意，一做还做了一二十年，其间虽然也经历了大大小小的经济危机，好在都挺了过来。但在信誉上，父亲从未出过问题。

得益于父亲在家做生意，因此我不像其他孩子那样，一年也见不了父亲几次。我的童年，父亲一直陪伴在我身边。

2

长这么大，父亲从未打过我。大概是我遗传了父亲的禀性，生性腼腆，性格老实。父亲对我呵护有加，有时做错了事，母亲要打我，父亲总会替我求情。

我六岁开始上学，那个时候的农村不像现在，根本不知幼儿园为何物,所以那时的孩子基本上都是玩了五六年才开始接触学习这件事。

最初我对学习很感兴趣，但感兴趣归感兴趣，接触一件陌生的事成年人都需要适应，更何况五六岁的孩子呢！上了几个月，我连自己的名字还不会写。期末考试，拿着画了个大大的“鸭蛋”的试卷回了家。母亲看见卷子上那个显眼的“鸭蛋”很生气，起身就要打我，我吓得忙躲在父亲身后。父亲挡着母亲打趣说：“考个零蛋也是本事，进步的空间大嘛！”母亲最终还是没能拗过父亲，只得作罢。

后来我常拿这件事在母亲面前说笑，说母亲那时太绝情，要不是父亲拦着，指不定要把我打成什么样呢!

母亲听后气不过，愤愤地说：“你爸是好人，我是个坏人，行了吧！”

在我的记忆中，父亲一直是慈父的形象。后来当我听到严父慈母这个词时，总觉得一点儿都不适合我家。如今我看到姐姐家的孩子一点儿都不怕她，反倒挺怕姐夫，我就会想，我若在这种环境下长大，不知现在的我会是个什么样。

父亲如此喜爱我是有原因的。

父亲算是老来得子了。我上面有几个姐姐，我是家中最小的一个，我的童年生活可以说是集万千宠爱于一身。一向严厉的母亲平日里对我也很溺爱。相比姐姐们，我的童年幸福很多。

父亲封建吗？从非得要一个男孩儿这件事上说，确实挺封建。但作为一个深受封建文化影响的人，这又是再正常不过的表现。

母亲总向我诉苦，说父亲为了我没少为难，生我之前，虽说父亲已是几个孩子的爸爸了，可他的人生还是迷茫的。如果没有我，父亲的一生可能都不会快乐。

父亲是个很有责任心的人，孩子多，却从不会把这当作一种负担，他要亲眼看着我们慢慢长大，这样他才更有成就感。

村里曾有多事之人找到父亲，劝说父亲把家里最小的姐姐送人领养。父亲听后大怒：“我就是领着她们要饭也不可能送人！你走吧，以后不要再说这话了！”

母亲有时会给我讲那个时候他们的种种不易，我听得认真，可再认真也无法感同身受。父亲如今虽是满脸的笑容，但在那个年代，他必定经受了艰苦的生活，可他不会向我们诉说，我们也不刻意地问。

3

父亲不会讲述他年轻时的酸楚，却时常会讲起他小时候，爷爷带着他度过的更艰苦的日子。

爷爷在我六七岁时就离世了，我与爷爷感情很好，但相处的时间，从记事起，不过三四年。

那个时候的人们，为了生存不得不外出流浪。父亲总向我们讲述一个场景：大年三十的寒冷冬夜，雪没过脚踝，深的地方触及膝盖。爷爷带着父亲徒步跋涉到了一个离家很远的城市，敲了很多人家的门，终于讨来一碗热腾腾的饺子。爷爷不舍得吃，就让父亲先吃，等父亲吃饱了，爷爷才吃下已为数不多且有些凉了的饺子。夜晚来临，爷爷和父亲住在两头通风的庵子里，冻得发抖。爷爷用身子堵着一头，再把父亲裹在怀中，靠着这一点儿温暖，度过漫漫长夜。

这个场景在父亲的记忆中一定很深刻，每次父亲说起这些，话语中总是充满了遗憾。家里的经济条件刚好了些，爷爷就去世了。也许父亲这辈子想起爷爷，只能留下几声长长的叹息了。

每次陪着父亲给爷爷上坟，烧完纸钱，父亲都要跪在坟前磕几个头。我也跟着父亲，跪在后面磕头。这和我陪母亲去祭拜姥姥时很不一样，母亲会坐在姥姥的坟前大哭一场，安慰她也没用。她总说，不哭出来心里难受，坐在地上哭一哭，心里会好很多。

我想，父亲的心里也一定很压抑，他也想大哭一场，可父亲毕竟是个男人，遇事总要勇敢，为身后的儿子做个表率。

或许，这就是一个父亲要教给儿子的勇敢吧。

4

不知不觉，父亲已经陪我走过了二十一个年头。一路走来，有他的陪伴，我勇敢了许多，成长了许多，可回过头来看时，我突然发觉父亲老了。

四年前，我刚上高中。那是个春风和煦的三月，姐姐突然到学校找到我，气喘吁吁地说："爸住院了。"

学校离县里的医院不远，一放学我忙跑着到了医院。医院大厅人很多，我等不及电梯，一口气爬上五楼，沿着走廊跑了个来回，眼睛一直盯着门楣上的病房号。在走廊的尽头，我终于看到了那个脑海中念了多遍的数字"524"，我推门走了进去。

病房内三张床都躺了人，床的旁边是或站或坐着病人的家属。我看了看那些同样看着我的陌生面孔，他们都面无表情，神情恍惚。

在中间那张病床的左侧，我看到了一个熟悉的背影，此刻这个背影有些无力，我喊了声："妈。"

声落，背影慢慢转过头，我看到的，是母亲无助又有些无望的表情。母亲看见我，眼神中多了些光泽，她的面孔慢慢舒展，轻声说："儿啊，你总算来了。"

我走上前，握住母亲的手，安慰地问她："我爸怎么样了？"

母亲没说话，只是扭头看了看躺在病床上的父亲。顺着她的目光，我终于见到了才十几日没见的父亲，却突然感觉竟然是那么陌生。

父亲安静地躺在病床上，身上盖着白色棉被，闭着眼，皱着眉，表情很痛苦。露着的右手缠着纱布，点滴还没有停。母亲说："还有好几瓶。"

看到这个场景，我内心一阵酸楚，眼泪忽地涌了上来。但我侧了侧脸，又硬生生把泪水压了下去。

我不想在母亲面前流泪，我告诉自己一定要坚强。这个时候，母亲的情绪很低落，如果我伤心，母亲会更难过。母亲的身体也不好，我不想母亲也躺在病床。

直到那一刻，我才真正体会到了一个男人的责任，才意识到我也长大了，应该替这个家、替日夜忙碌的父亲，分担一些劳累了。

父亲听到我说话，知道我来了，睁开眼看了看我，他很欣慰，挤出一个痛苦的微笑，似乎在向我解释说：我没事的，儿子，不用担心。

看着父亲憔悴的面容，陌生感再度袭来，父亲在我心中高大的形象顷刻间不复存在。这个形象占据我的内心十几年，每当那些迷茫无措的日子，那些错失勇敢的日子来临，我就会情不自禁想起父亲，想起父亲鼓励的话语，教我的勇敢。

俨然间，父亲成了我内心温馨的依靠。

但当我站在病房看到父亲的那一刻，我不情愿地告诉自己，父亲真的老了。童年时，父亲在我心中的形象一直是高大的。那时的他年轻气盛，孔武有力。虽然父亲身量不高，也不是威猛惊人，但父亲一直如精神支柱一样，支撑着我内心的勇敢。

如今的父亲，年轻时的精力早已消失，留下的只有岁月在脸上造就的道道皱纹了。

从母亲口中得知，父亲是因为在酒桌上喝了些酒，站起来走了几步后，整个人摔了下来，头磕在了生硬的水泥地板上后一直昏迷。

脑溢血，医院的诊断报告上这样写。主治医生一句话，让我感觉到了事情的严重性，他说："如果没能及时控制，后果不堪设想。"

我很感谢上苍能留给我陪伴父亲的机会。我的童年父亲陪着我，父亲的晚年我会陪着他。

当时我对自己说，以后一定要照顾好父母。

父亲病好之后，身体慢慢痊愈，在医院住了几个月，终于出院。虽然每天还是要吃药，但身体总归是一天比一天硬朗。

这期间我经历了两次高考，第一次考得很差，父亲鼓励我复读了一年，第二次总算没辜负父亲对我的期望。

如今我漫步在大学校园，父亲仍在家，我们时不时会说会儿话，隔一段时间我也会坐车回家看看。父亲还是像以前一样，面带微笑地向我诉说他近来的生活，临走时依然不忘嘱咐我好好学习。我会报以坚定的回答："知道了，爸。"

少不更事的年代已经过去，随着见识的增长，我对一些事情也有了自己的看法。父亲的话常在耳畔回响，不像母亲的唠叨，而是一种善意的提醒，迷惘时的鞭策。

我想，接下来的很长一段时间，父亲依然会陪着我走下去，但父亲已不再是儿时我心中那个伟岸的依靠，而是慢慢变成一个看着我成长、逐渐退去自身光环，鼓励我独立面对一切的指引者。

父亲是我眼中的一座山，它不是阻碍我前行的障碍，我奋力登上山顶，也不是为了挣脱它的束缚，而是站在父亲的肩上眺望远方更美的风景。

我想对父亲说：我不知道能为你带来什么样的骄傲，但至少，能做你的儿子是我这辈子最大的骄傲。

母　亲

生平第一次出远门，是在某一年的五一小长假，我终于可以到外面的世界看看了，世界这么大，我不看看怎么能行呢?

和想象中有些许差别的却是，原本我以为可以安安静静地在一个陌生的城市待上几天，不考虑任何问题，甚至走在大街上都不用想着要怎样和别人打招呼。可我没想到的是我竟然没能如愿，三天假期，几乎每天都会有不止一个电话打过来，并且一说就是好几十分钟，问长问短，问这问那，问得我都觉得自己不是在一个陌生的地方，而是似乎离家并不远。

这些电话都是家人打给我的，说话最多的是母亲。挂掉电话我会苦笑，我都这么大了，她还是对我不放心。该怎么形容母亲呢？

她没有什么特别的地方，和所有农村妇女一样，思想稍保守，偶尔还封建，个性倔强，生活很节俭。这是我对她的描述，也是对和她同年代的那一代人的描述。唯一与别人不同的地方是，她是我的母亲。

想起母亲，脑海中尽是严厉的画面。她是严母，而非慈母。

其实我算比较听话的孩子了，但就这样，还是没少被母亲责罚。关于童年的很多回忆，都和犯错有关。

我曾被母亲脱光衣服赶出门外，她总说一句话：“你来的时候啥也没带，那你也带不走什么，就这样光着身子走吧。”我哭着硬是往家里闯，可母亲拽着我，我用尽所有力气，还是没能挡住她的绝情。那时的我大概五六岁。

我也曾因为某个小错误，在地板上一连跪了好几个小时。母亲不打我，只是让我在那儿跪着，直到最后她问我：“知道错了吗？”我往往会很恐惧地回答：“我知道了……我知道了……”一脸的害怕和不安。

刚上学时，我还不知学习为何物，期末考试总是考个零分拿回家，母亲很生气，把我关在一间屋子里让我反思。我哪会什么反思，除了害怕，剩下的只有无人应答的哀号了。这样的事情，在我的童年甚至少年时代，时常发生。

有时和母亲开玩笑说起这些事，她总怀疑地问我：“有过这事？

我怎么不知道啊！你就光记着我打你吧。”

母亲的语气里有些担忧，甚至是一种害怕，她害怕我只记得这些东西，害怕我说她对我不好。其实我也只是说说而已，但这些事真的印在了我的脑海中，一回忆就会是这些，不过除此之外，这些记忆就没什么意义了。从小到大，母亲爱我，要远胜于爱我的姐姐们。

是的，我用的是姐姐们，而不是姐姐，因为我有不止一个姐姐。

姐姐们老说母亲偏心，小时候我没感受到，我总觉得她对我和对姐姐们是一样的。但年龄越大越能感觉到母亲对我和对姐姐们的不同。偏心，是真实存在的。但这也不是她自身的心理缺失，这是时代的共性。在我出生的那个年代，计划生育正被严格地执行，母亲带着肚中的我东躲西藏，和打游击差不多，基本上一天换一个地方。历尽千辛万苦，母亲终于生下了我。母亲说，我出生的地方是荒野中的机井房。母亲带我去看过那个地方，现在只剩下了一堆废墟。

在孩子们中，母亲最偏爱我，不仅因为我在家中最小，更因为我是家里唯一的男孩儿。

但在孩子的成长上，母亲对谁都是一样，即便是有段日子生活条件很艰苦，母亲也不会让任何人饿肚子。每个姐姐都上了学，母亲知道，要想孩子们将来有出息，就必须得让她们上学。村里有的孩子并没有上学，他们的童年、少年、青年都是在玩耍中度过的，几十年过去，差距开始慢慢显现。姐姐们通过不懈的努力在城市扎了根，虽然过的是最普通的小市民的生活，可她们的孩子会比她们有更多的机会。那时的母亲没想那么多，可一旦正确的决定做出，姐姐们的命运就会因此而改变。我很钦佩母长远的眼光。

母亲更关心我的学习。

我不知是青春期的叛逆还是与母亲之间的代沟，每当她说起我学习的事时，我总会很反感，很不愿与她交谈。可她还总是不厌其烦的一次次地问我，有时我不耐烦了，还会很大声地对她吼两句，然后她就平静了。母亲也不总是这样纵容我，我吼完她，她也是会生气的，表现出来的就是不和我说话，记得小时候有次我气她，母亲好几天都没和我说话。

可现在我不会再那样做了，虽然有时控制不住情绪，大声和母亲说话，母亲依然会生气不理我，可我却没有了小时候的偏执。每当她生气时，我都会主动向她认错，语气很诚恳，态度很柔和。母亲看我向她低头，总是先数落我一番，然后就原谅我的行为了。向她认错倒不是因为我懂事了很多，如果我真的懂事，就不会不耐烦地和她说话。我只是觉得，我不能再让母亲不高兴了，她为我倾其所有，不求我将来如何回报她，我也不知能否有能力回报她，但至少现在，我不能让她伤心。

生活中的母亲很坚韧，我很佩服母亲的毅力。她很勤劳，爱干活，闲不住，总想找点儿事做做。有句话常挂在她的嘴边：活儿不会找人，人得学会找活儿干。家里和田地里，都被她收拾得干干净净。碰上一件事，她非得一口气把它做完，做不完她心里会很别扭。小时候姐姐们不喜欢干活，她就会骂她们懒，姐姐们只能在她的骂声中去完成她吩咐的任务。

小时候的我也不喜欢干活，有次母亲让我和她去田里除草，我蹲在她旁边看着她把眼前的草一棵棵拔掉，心里怕她说让我干活，就想了个法子——问她草的名字。田间的杂草很多，农民们不是农业学家，不能一一记住这些草的学名，就充分发挥自己的想象，为每一种草起了个特有的名字，有些名字还很形象。我指了指好几种身旁的草，母亲都一一说出了它们的名字，我好奇，甚至于惊奇。可我的目的并不在这些草身上，和母亲说了一会儿话后，我就借口说饿了。母亲说："那你回家吃点儿东西吧。"我站起身，屁颠屁颠地回家了。

母亲也有脆弱的时候，我以前从未发现，直到姥姥去世。

六年前，姥姥去世，在那个比现在更炎热的夏天，我从姐姐口中得知了这个噩耗。

那时我正准备参加中考，每日繁忙，无暇顾及其他，得知姥姥去世的消息后，我还是回了趟家。

平日里看似很坚强的母亲，遇见这样的事时变得不知所措。

在母亲的生命中，姥姥陪伴着她度过了半辈子的人生。姥爷去世早，他去世时，母亲不过二十多岁，刚结婚有了第一个孩子。

姥爷五十多岁去世，我没见过他。母亲说姥爷的脾气不好，一急就打姥姥，为此母亲还和他吵过架。他去世了，没有人再打骂姥姥了。

时间长了，母亲也就忘了他所有的不好，还会时常想念他，时常会向我诉说这种想念。

姥姥也去世了。对母亲而言，她成了失去双亲的人。虽然她还有她的孩子，有她的家庭，可她总会觉得在这个世界上，她再无人可依赖。

没有人可以替代父母在一个人心中的位置，但作为她的儿子，我会努力让她感受到，她的身边还有人一直陪着她。

母亲很关心我的学习，临近高考那阵，她很想问问有关我成绩的事情，可她又不敢直接问我，总是旁敲侧击，拐弯抹角。

但无论她问得多么委婉，她一说话我就能猜到她想问什么，随之而来的是各种不耐烦。我没有向她细细解释的耐心，所以我的回答会很敷衍，她问的多了，我会烦，烦到以很厌恶的口气结束谈话。

但无论如何，为我感到骄傲的，哪怕我有时让人失望，安慰支持我的，永远都是母亲。

母亲的个子不高，可她却希望我能长高。为此她还学了很多自认为很有用的方法。小时候每次睡觉前，母亲总会拉我的两条腿，母亲总说，这样会长高个儿。每隔一段时间，母亲都会让我站在她面前和她比身高。母亲会以衣服上的纽扣为标记，每当我又超过一颗纽扣时，她都兴奋得满面红光。

也许她认为她从别处学来的秘方奏效了。

我就这样一颗纽扣一颗纽扣地长高着，母亲也一次次地欣慰着。

每一次对比，都满含期望；每一段身高，都让她欣喜。

而现在，我早已高出母亲一头。母亲也不会再让我站在她面前比身高了，每次回家，她总是微笑着望着我，在她的心里，我终于长大了。

不知为何，看着母亲双鬓的白发，日渐憔悴的面容，我内心会涌起一阵酸楚。我突然怀念起小时候，怀念那些我还小母亲还年轻的日子，想起这些，又不想让自己长大了。

因为，我长大了，母亲却老了。

姐 姐 姐 姐

每次路过厕所，总有一种跑去给别人送手纸的冲动，女厕所也一样。

这是我小时候养成的习惯。

1

2014年春节期间，我参加了我最小的姐姐的婚礼，至此，姐姐们全都嫁了出去。

婚礼那天，我很高兴。我知道，从此这个家的一切都是我说了算了，再没人和我抢电视机的遥控器，再没人与我争零食，再没人和我拌嘴，再没人指使我干这干那了。

可爸妈似乎很伤心。

姐姐走出家门那一刻，眼泪直流，刚化好的妆瞬间给毁了，泪水打湿了眼线，落在脸颊上，又冲花了粉底。瞬间，一道道泪痕就装饰了姐姐如花般的脸庞。我想笑，可看到爸妈伤心的面容，我又笑不出来了。

不过我心里并没有像他们那样难过。

迎亲队伍从我家出发了。我坐在车上，抱着拿给姐姐的门帘和面花，心情很好。因为到了姐夫家，这些东西就能换几百块钱了。想到马上就能多出几百块的零花钱，我内心激动得不行。

驱车一个小时，终于到达目的地。我下车，有人接了我抱着的东西，当然，是要给红包的。

收到红包后我立即放进了兜里，顺便感受了下红包的厚度，不错，手测有个千儿八百块钱。我在心里感叹了句：姐夫家真大方。

人很多，事也多，忙忙碌碌。

但我的任务是完成了，后面就没我什么事了，只等婚礼结束大吃大喝。期间，我领着从家里跟来的一众小伙伴，在一个陌生的地方撒了一天的野。

临近傍晚，婚礼的程序算是圆满进行完，吃了饭喝了喜酒，我们准备回家了。姐姐站在门口送别，频繁地和亲朋好友挥手告别，车子开动的那一刻，我看向车窗外的姐姐，又在抹着眼睛哭哭啼啼，内心稍稍有些失落，没来时那么高兴了。

隔着车窗的黄昏更昏暗了，晚霞很红，像极了姐姐脸上泛起的红润。可从中我怎么还看到了姐姐红红的眼眶呢？

晚上临睡前，母亲来到我的床前，问我红包在哪儿。我这才想起红包我已经揣了一天，于是赶紧翻裤兜，生怕落在什么地方，还好找到了。

母亲问我："里面有多少钱啊？"我说："我还没看呢。"母亲顺手从我手中夺走红包，拆开一看，一沓崭新的二十元大钞呈现在了我俩的眼前。我情不自禁地叹了口气："唉。"母亲数了数，二十张，四百块钱。原本我以为有个千儿八百块呢！母亲接下来的话，让我措手不及，彻底绝望了。她说："这些钱我先替你保管着，以后等你上学了再给你。"我惊讶了，却说不出任何反驳她的话，从小都是这样，我所有的压岁钱都得如数上交。说好的开学再给我，却从未兑现过。

我无奈地看着她拿着钱走了，出门时还扔下句话："你早点儿睡吧。"我多希望她能扔下几张二十块钱啊！

月光好凉。

等我一个人冷静下来后，才突然意识到，从此以后，这个家真的成了三口之家。很突然地，我的心情一下子变低落了。

我们总想让讨厌的事物远离身旁，可一旦真的消失，又会不习惯它的不存在，会想起它的好，念及一切，又希望它能再回来。等伸出手才发现，它已经消失在了遥远的地方，触不可及。

不知是母亲收了我的红包还是姐姐出嫁的缘故，反正那一刻，我久久地陷入了情绪的低谷。

2

我不知道计划生育这个政策是从哪一年开始的，反正我是赶上了。小时候去上学，看见墙上的标语都会念上好几遍：少生优生，幸福一生；生男生女都一样，女儿也是传后人；谁说女子不如男，女儿能顶半边天。

那个时候，中央电视台有个节目叫《半边天》，看到“半边天”这三个字我总能想到那个节目和那个胖胖的女主持人。

为了生我，爹娘没少作难。但最让他们头疼的还不是我，而是我的那些姐姐们。

是啊，我有好几个姐姐呢。

如果想知道我有几个姐姐，你可以回过头看看这篇文章的题目，仔细数数有几个“姐”，便会了然于心。

当然，全是亲姐。

有时候我不解，生个儿子真那么重要吗？回答是：真那么重要！

在那个封建又不安的年代，结婚的目的似乎只有一个，生娃，而且最重要的是，生男娃。

说起来，这是我爷爷那辈就有的传统。他们年轻的时候兵荒马乱，外国人烧杀抢掠，男丁大都战死沙场，能活下来算是幸运。好不容易等到了 1949 年，能安稳地成个家，生个娃过日子了，恰巧赶上“大跃进”。那时人们信奉人多力量大，白天造钢，晚上造人。

我爸兄弟五个，我妈姊妹六个。我有两个姑姑三个姨，一个大伯一个叔叔外加两个舅舅。是不是感觉人挺多？其实这还算少的，真正的大户人家，哪个不得四五个闺女六七个男娃？能生在那样一个家庭，小时候出来和小伙伴们玩耍自豪感都要从心里溢出来了。

所以到了我爸这代，不生个男娃又怎能让爷爷安心？爷爷的不安心还有一个方面，家里的女孩儿太多了。

还是和你们说了吧，省得你们分心，我有四个姐姐！对，你没看错，就是四个。乍一看是有点儿多，猛一说我也惊讶，可我整个的童年时代，都是她们陪伴着我。

而这里面与我有最多交集的就是我最小的姐姐。心情好时，我会亲昵地称呼她四姐，大多数时候，我都是直呼她的名字，阿杰。

3

阿杰大我三岁，三岁之前我不记事，无论她怎样打我骂我，耍我玩我，我都不可能知道。其他的姐姐都大了，上小学的上小学，上初中的上初中，只有阿杰没有。爸妈忙的时候，我就落到了她的手里。听妈妈说，我小时候特爱闹，哭起来没完，不知落入她手中的我会被怎样的虐待。

我刚记事时，计划生育还很严，每天村里都会组织人来挨家挨户地查。每到这时，家里人心惶惶。记忆中有那么一次，我和阿杰正在屋里玩耍，二姐慌慌张张地跑进屋，拉着我俩就往墙洞里面钻。为了躲避计划生育的检查，我爸专门在墙的一侧掏了个洞，外面用窗帘拉上。每逢检查，我和阿杰就往洞里一钻，躲到他们全部离开。

忘记说了，阿杰小时候和我一样，没户口，是个俗称的“黑人”。

那时候的家，远没有现在富裕。

说起那个时代的艰辛，母亲回忆起来总感慨万分。我出生那年，家里穷得连食用油都吃不上，过年的时候才能吃顿肉，其他的日子都以咸菜和馍度日。

我长大后的几年，家里的经济条件开始慢慢改善，父亲开始学着做生意，养家糊口已不成问题。

因为我小，所以有什么好吃的东西母亲都只为我一个人留着，吃不完她会锁在柜子里，从不允许姐姐们吃。

其实现在看来，这些东西也不过是方便面啊、杏元饼干啊什么的，比现在的薯片、巧克力、阿尔卑斯差太多。但十几年前，这些东西真是个稀罕物。

阿杰也小，她也想吃。母亲却不让她吃。

如果你内心非常渴望一件东西，你一定会想方设法地得到它。所谓老天不负有心人，如果你这样做了，或许就真的得到了它。

我们可以想象另一种可能。

母亲放钥匙的地方被阿杰发现了，但她并没有吱声。某天中午，趁着母亲在厨房做饭，阿杰偷偷溜进屋，翻出钥匙，蹑手蹑脚地走到柜子前。开锁前，她特意看了看还在厨房的母亲，还好，没被发现。

她慢慢打开锁，把锁捏在手里，用另一只手伸进柜子，同时扭头盯着厨房里母亲的一举一动，开始在柜子里翻找。不一会儿，她摸到了一包东西，她知道，是方便面。她顺手掏出来后，慌忙塞进兜里，锁好，钥匙又压在床底下拿之前的位置，再次蹑手蹑脚地走出门，飞快地跑了出去。

这时母亲才注意到她，忙问："你跑那么快干什么去啊？马上该吃饭了！"

可母亲并没有听到回答。

这个情节，是不久前她讲给我听的。我们和母亲坐在一起，谈论着儿时的各种乐事，她讲到这件事时，笑得前仰后合。她说："其实那个时候，用这种方法我吃了不少东西呢。"

我听了也想笑，但笑过之后，我又为母亲的行为感到不解，我不知道她为什么那么偏袒我，如果当时我懂事的话，一定会把那些东西分给姐姐们吃的。

但我又怎么能怨母亲呢？她做的这一切全都是为了我。孩子太多，她没办法对所有人都一样，只能让最小的吃好穿好。如果怨，我也只能怨那个贫穷的时代。

我想起了林清玄讲过的他小时候的一件事。他们家人也多，每次吃饭前，各自都要先往自己的饭里吐两口唾沫，这样吃着才安心，才不会害怕被别人抢了去。

在一个连生存都成问题的年代，这样的情景，不正常吗？

母亲对四个姐姐都很公平，唯独偏爱我。

4

为了照顾我，阿杰比同龄人晚上学几年。那时学校的报名还没有年龄限制，一般满六岁就让上小学半年级。阿杰却在八岁的时候才开始了她并不算长的学生时代。

上学后的阿杰算是懂了点儿事，可懂的事多了，事情也就多了。

她初上学时，我也四五岁了，刚开始对这个世界有了初步的认知。我走起路来跌跌撞撞，却也满院子地奔跑撒欢。她去上学了还好，可等她放学回来了，我跟着也忙碌起来了。她总是事很多：吃饭忘拿筷子、写作业把笔丢了，或者，起床的时候找不到衣服。每到这时，她就想起了我：

“弟弟，去给我拿双筷子。”

“老弟，给我买个笔去。”

“老五，去把外面晒着的衣服拿过来。”

……

所有的命令我都十分乐意遵从，倒不是我怕她什么，只是有些事做得多了便成了习惯，不再觉得有多烦琐复杂。

其实我一直都是个听话的好孩子。

若她的事只局限到这儿，估计在我的童年记忆里，也留不下什么深刻的印象。现在想想，我觉得最受不了的还是下面这件事，有时候我都怀疑她是不是脑壳有问题——上厕所不带纸。

我想不通这是为什么！

好吧，那熟悉的旋律又飘进了我的耳朵：“弟弟，给我送点儿纸！”

哪怕我正端着碗在吃饭，听到这话，我也得马上站起身给她送纸。

当我拿着纸从屋里飞快跑到厕所门口的时候，她一只手已经伸了出来，左右摇摆，还有配音：“纸呢？放我手里吧。”

把纸塞进她的手里后，我又跑到厨房，欢快地端起碗吃起了饭。

送得次数多了，竟成了习惯。

后来我也上了小学，人生第一节课，班里坐了几十个小同学，吵吵闹闹，熙熙攘攘，哪有什么课堂纪律啊，不动手打架骂娘就已经不错了。所有人还没有那种课堂上不准出去的意识，只知道憋不住了就得赶紧上厕所。于是，这个回来那个接着又去。看着他们慌慌张张地跑出去连纸都忘了带的时候，我条件反射似的嗖地站起来，当别人举手说老师我想去拉屎的时候，我站起来却说：“老师，我想去送纸。”

同学们哄堂大笑。

小时候我学习不好，刚上学那会儿总考 0 分，上了两年学后，虽然不考 0 分了，可还是不及格。

每到期末考试我想竭力隐藏考试分数的时候，向我妈告状的，总是阿杰。

我记得有个学期期末，考完试几天后去领通知书，阿杰带着我还有邻居家的小伙伴，一块儿高高兴兴地跑去学校领通知书，一路笑个不停。回来的时候，笑声依然不停，可她们笑的，却是我：一共考两科，语文和数学，我都没及格。

大家都以考双百为荣，可惜的是，我的整个小学生涯都没有考过双百。

快到家门口时，我心里正想着要如何面对母亲的询问和责骂，又或者我要怎么把通知书藏起来不让她看见，阿杰却对着我家的院子，扯着嗓子喊："你儿子考试没及格！"

本来悬着的心这下不用紧张了，结局只剩了一个，等着挨打吧。

回家后，我哭得好惨，她笑得很欢。

其实我想说，阿杰的成绩也不好。

5

她高二退学，那年我读高一。

或许你会问，她大我三岁，为何只比我高一个年级？

她比我早上两年学，又在初中留了一级，等我上高中时，她已经准备退学了。家人对她很失望。

我家虽然孩子多，可除了大姐上过专科外，其余的最高学历才是高中。

二姐上到初中，因为要帮着父亲做生意，所以不上了。

三姐上到小学毕业，忙着去看外面的世界，也退学了。

阿杰考上高中后，父亲很高兴，家里终于又出了个高中生，满心指望着她能考上个大学，为家里增添些荣耀，然后，她就退学了。

没有原因，她只是说不想上了，最好也仅能考个三本，还不如出去打工。退学后她就走了，去了很远的地方。

她选择的这条路走得并不容易，可她从未在家人面前抱怨过，因为她知道，这一切都是她自己决定的。

没有一条道走到黑的信念，就不要轻易尝试走进未知的黑暗。这是她历经艰险后的感悟。

最终，她还是走了出来。

有些痛苦并不是不能说，而是说了又能怎样，再痛，也得一个人承受。阿杰最初离家的两年，很少和家里联系，偶尔联系一次，也只是向家里报平安，让家里人知道她还活着。

有时我总会想，如果我也经历了阿杰的人生，不知现在的我会活成什么样。

那些刻骨铭心的痛是青春为成长付出的代价。无论你曾是多么热血的少年，历经沧桑后才会知道，原来这个世界并没有善待你的激情。

6

高三下学期，快要高考时，阿杰才和我联系上。

她鼓励我好好学习，问我缺不缺钱，她可以给我打钱。

她说：“你以后的生活费不用找爸妈要了，我直接打给你就行了。”

听了这话，我心里有些伤感，不知她受了多少苦，才换来这时一句话的洒脱。

我有时会想，阿杰的光辉岁月，就是那两年她没有联系我的日子。

挂了电话后，我把银行账号发给了她，没多久手机就收到了银行发来的短信，她给我打了五百块钱。那时我心里有了种和以往不一样的感觉，原来小时候跑厕所送纸的行为也是可以换来回报的啊！

阿杰，毕竟是我的姐姐。

然而，我的第一次高考，却并不顺利。我考得很差，迫不得已又复读了一年。家人都在安慰我，怕我想不开，做傻事，我知道他们很失望，只是害怕我伤心，不敢直接说。

远在他乡的阿杰也时刻关注着我的高考，考前打电话鼓励我，考完一科后问我考得如何，成绩出来后，我却不敢和她说了。我害怕我辜负了她的满心期盼，害怕无法弥补她的遗憾。

她当然还是知道了。

没说太多责备的话，只是说，我们还可以再来一年。

那个暑假，对我而言太漫长，当炎热散去、酷暑不再，看着其他人背着行李去往陌生的城市，我却只能再次走进待了三年的中学。

好在，最后我也成功上了大学。说起来，也没辜负那些奋不顾身埋头苦读的日夜。全家人都高兴，阿杰更高兴。

我想对她说，你的愿望，我帮你实现了。

7

现在，我已经是六个孩子的舅舅了，三个男孩儿三个女孩儿。我想，过不了多久，我还会多一个外甥。

阿杰怀孕了。

在外漂泊的生活在婚后彻底结束，她不再是一个人，她也有了自己的家庭，有了最终的归宿。

虽然有时回到家，见了我还是会像小时候一样打打闹闹，可我知道，从此以后，再没有人单纯地只是我的姐姐了，她们成了别人的妻子、孩子的母亲，被日常的各种琐事烦恼，偶尔也会想起我，只是，不再那么的炽热、单纯。

而我，也长大了啊！

当我站在她们中间，比她们所有人都高的时候，我知道，我不再需要她们的照顾了。

看到她们的孩子因为不听话被她们教训，我会很庆幸。

我小的时候，她们也不大，我闹，她们跟着闹；我哭，她们哄我笑。我受伤，她们会心疼；我犯错被打，她们也会向妈妈求情。

我心中并没有什么不舍，只是没想到我会这么快长大。

当我也走向了外面的世界，我想，遇到困难时想起你们，我就多了些力量。

8

如今，全家人都在期盼着一个小生命的到来。不知这个小家伙长大后会不会像他妈妈那样丢三落四，会不会和我顶嘴、打闹，然后理直气壮地向他妈妈告我的状。

不过，如果他上厕所也忘了拿纸的话，我还是会飞快地跑过去给他送纸的，没有原因，只是小时候养成的习惯。

还没有名字的小家伙，快点儿到来吧。

这世界，我来了

认识大潘那年，满世界都在播放小沈阳和沈春阳翻唱的那首《爱是你我》，随便走进一家店铺，待上五分钟，准能听到这首曲子。那阵子，对面随便走来的一个人，嘴里哼着的都是这首歌。

大潘也喜欢唱。

最初他在我面前唱这首歌的时候，我只觉得他只是盲目追赶潮流，听多了我也会烦，就勒令他闭嘴。然后他就真把嘴给闭上了，但他闭上嘴依然在哼唱这首歌。

对这首歌深入了解之后，我和他说：“你应该去听听原唱，原唱是刀郎，听了之后你或许会有不一样的感觉。”可他对此很不屑，硬着头皮说：“不，我就只听这首，这首歌唱出了我想要的感觉，原唱不一定有这样的效果。”

原本我以为他会说他喜欢小沈阳，没想到他追求的是一种感觉。

这时候我才明白，他喜欢的只是一首歌营造的气氛以及由这些气氛所引发的一系列的感觉，无关歌是谁唱的。

那时，他的 QQ 昵称被他改成了里面的一句歌词——这世界，我来了。

与大潘的相识很意外，高中分完文理科之后，剩下的两年，班上的同学基本上就固定为那几十个人了。正常情况下，一个学期下来班上的男生几乎就都熟悉了，可大潘是个例外。

高三上学期过了将近一大半，我才和大潘说上了为数不多的几句话，但从此一发不可收拾，高三下学期的时候，我俩还成了同桌。

大潘个子不高，皮肤略黑，刚认识他那会儿，他的发型一直都是短寸。有次他从外面回到班里，激动地和我说：“有人说我很像《金太郎的幸福生活》里男主角的扮演者王雷，南哥你说呢？”

我看着他脸上洋溢着的笑容和因为脸黑显得很白的牙齿，不忍打击他，委婉地说：“你的脸要是再白点儿，个子要是再高点儿，长得再帅点儿，估计和他就差不多了。”

听完我的话，大潘的大白牙瞬间从脸上消失了，看他有些不高兴，我安慰他说：“其实说你像王雷还真没说错……”

我话没说完，他就又嘿嘿地露出了大白牙，一脸的傻笑。然后我接着又说：“只是不知道这人眼神有没有问题！”

大潘彻底崩溃。我在一旁乐得不行。

后来我看到他的QQ头像，以为是他的自拍照，可我点开后才发现，正是他说的那个电视剧里的男主角的照片，我方才觉得，他俩还真有点儿像呢。

高中时，大潘在其他同学眼中是个和别人有些不一样的人。这些不一样表现在很多方面。

大潘说话的语速很慢，和他的年龄很不符，像个比他大很多的大人。与他交谈，你会不自觉地感到某种压力，会觉得这个人太成熟了。

做一件事，大潘总是不达目的不罢休，如果他想让你帮他，他一定会每天都和你念叨这件事，直到你做到他满意为止。

大潘很喜欢与人打交道，无论是学校的学生还是社会上的成年人，他应付起来都得心应手。

老实说，大潘的成绩其实并不好。如果只说学习，班里的很多人都能甩他好几条街。可怪就怪在，除了成绩以外，大潘在其他方面，几乎全是优。

大潘喜欢唱歌，这只是他的爱好之一。他擅长的有很多。

大潘的钢笔字写得好，那个时候他的字就已经达到出本字帖不成问题的程度了。

大潘的毛笔字写得也不赖，班级有什么活动需要写字，最先想到的往往都是他。

但这些与别人不一样的地方，也让他与同学之间产生了很多隔阂。或许是他太过于成熟，同学们觉得他有些深不可测；又或许是他太露锋芒，站在他身边会失去自身的色彩。可能这些推测都不准确，但他与同学之间，就是总像隔了一层纸。

同学之间谈及大潘，总会为他的一些异于常人的表现感到好奇。有时候不是我们在行为上疏远他，而是他在思想上早已超越了我们。

有些事，总是有原因的。

关于大潘的传闻，我听了很多，最初只是觉得惊讶，半信半疑，和他慢慢熟络后，我开始相信那些传言。

只是，都些传言我从未向大潘证实过，大潘也从未向我询问同学们对他的谈论。

当我开始慢慢了解他以前的生活时，我很疑惑，大潘的乐观是从何而来?

六岁之前，属于大潘的那个家庭还是完整的，母亲还陪在他身边，父亲会从外面为他带回一些新奇的玩具，他的世界和其他孩子一样。

一切变故源于那场车祸，那场夺走他父亲生命的车祸。

死亡对一个孩子来说到底意味着什么？没有人能给出准确答案。孩子们对死亡没有概念，想爸爸时，他还是会喊出来；不见爸爸时，他仍旧要哭泣。

当他终于知道，无论他怎样热切地呼唤自己的爸爸，都无法将他唤来的时候，他选择了放弃，放弃之后会慢慢习惯。

我不止一次地幻想过这样一个场景，还是孩子的大潘站在父亲的遗像前，内心喊了无数次爸爸，却不敢发出声音。看着还没有熟悉却已经变成黑白色的父亲的面孔，那时的大潘，不知内心有怎样的挣扎。

可我想，无论如何他都知道此生不会再见到爸爸了。

如果母亲一直陪在他身边，他也不会变成孤儿。

失去爸爸的大潘或许不会想到，他深爱着的妈妈，和他相依为命的妈妈，会在不久的将来离他而去。

没人能说清大潘母亲离开他的原因，或许是生活所迫，或许是为了追寻更好的生活。无论怎么说，她都离开了。她没有选择带走大潘，不知她走的那天是不是深夜，也不知早上醒来的大潘有没有哭泣，可从那天起，大潘就开始了一个人的生活。

我无法想象对于一个少年来讲，一个人过十几年是什么样的情景，但我了解了大潘的经历后，暗自思量了一下，我幻想着如果是我一个人生活十几年的话……想着想着，我就不敢想了，突如其来的，我心中只有恐惧。

一个人做饭，一个人上学，一个人入睡。一切的一切，都只能一个人做。一个人要有怎样的坚韧，才能在这样的孤独中生活下去？

或许，这就是我们不理解他的原因。

没有这些经历的人永远无法体会他的成熟、他的异样、他的老到，是如何一点一滴造就的。

没有人能懂你，那你就学会自己懂自己吧。

平日里的大潘很乐观，唱着喜欢的歌，写着一手好字，大多数同学，包括我，其实也有羡慕他的时候，羡慕他字写得好，羡慕他与人交流时的娴熟，羡慕他整日面带微笑的乐观。

偶尔，大潘也有烦心的时候。他总向我诉说他的烦恼，听后我也会耐心地为他答疑解惑，并最终让他如释重负。

可有时他也会钻牛角尖，总追着我说："南哥，你再开导开导我吧。"

说不动他时，我只能愤愤地回答："我再开你几脚吧！"

成长环境的不同，造就了他这种不寻常的性格。可我总觉得，他其实是在努力适应周围的一切，没有人教过他要如何与人交流，他只有在频繁多次的交流中，慢慢学会与人说话的技巧。有时学的多了，带给同龄人的感觉就是太过于谨慎、成熟。

高考过后，我与大潘的联系少了很多。只知道他在高考中发挥得不好，最后上了个普通的大专。而我也没有好到哪儿去，我选择留在高中，再来一年。

至此，我们的生活开始有了很大的变化，我整日埋在写不完的卷子里，不问世事。

大潘偶尔想起我，也会给我留言问问我的近况。而我对他大学生活的了解，全部来自于他分享在社交软件里的动态。

大潘的这种性格在大学里显现出了完全的优越性，加之他自身的特长，很快，他就在学校里有了名气。

靠着书法，他初露锋芒，还成立了自己的书法工作室，名字起的很有新意——林夕相心。他的解释是，这是对"梦想"的拆解。

他的字，作为学校的赠礼送给了很多人。学校特批了他一个十分僻静的场所，他把那里装修成了一间小木屋，卖起了冷饮，开始了创业的历程。

他参加了很多节目，省电视台还报道过他的事迹，在同学们眼中，他很成功。

过年的时候，我们见了一面，时光的流转并未改变他爱笑的容颜，他还是那个样子，乐观、积极。

我和他开玩笑说："你以后成名了，可不能忘了我啊！"

他只谦卑地回答："成什么名啊，瞎忙而已。"

他再过几个月就要去美国了。他成功申请到了去美国迪士尼实习的机会，这次回家是来办签证的。

我已经说不上话，因为我知道，这就是他，一个只知道奋力向上的孤独的闯荡者。

我写这些文字的时候，他已经在准备去美国的事宜了，日期渐渐临近，他的心中也一定充满了不少期待。

我不知现在的他是否还喜欢唱《爱是你我》，流行的事物逝去得快，现在的人们，连《小苹果》都觉得是过去式了。也是因为他，我才想起了这首消失了很久的歌。

可我知道，在那个激情被梦想掩埋、对未来充满期待的年代，这首歌给他的感觉一定是最有力的。就像他经常哼唱的那句歌词：这世界，我来了。

他不仅来到了这个世界，并且即将到地球另一端的国度去看看，当他看过了更多的风景，他的人生也许会有更大的不同，我期待着他载誉归来。

没有谁的人生是十分正确的，也没有谁可以说他的人生一定能成功，就像大潘，他也不知道未来会是什么样子。但至少，在能够预见的未来的时光里，他会一直走在我们的前面。

每一个故事都会有结尾，我要写的故事就要结束了，可主人公的故事还在上演，或许，未来的某个时候，他就金光闪闪地站在了我们的面前。

让我们一起期待他，也期待我们自己。

看，那个远去的少年

我一下想到了六年前，我们相识的那个秋天。

那个时候，最是无忧无虑，不担心学习，不担心成绩，反正每次考试完排座位，我们都是最后才进去。

我和同桌争吵的时候，你在后面笑吟吟地看着，最后补上一句："打得好！"

当时的我是震惊的！

再后来，我们俩成了同桌，我方才了解了你。

其实现在回想起来，还是会觉得那段时光的我们是那么的悠闲自在。我还是会无端怀念起那些时光。

对你的第一印象是高、瘦、呆。我第一眼看到你就觉得这个人一定很老实。

后来不知怎么，我们渐渐熟悉，我才知道，原来我们还来自同一个地方。

再后来，我成了你倾诉的对象。你曾向我抱怨说你十分讨厌这个人，十分讨厌那个人，我在一旁听着，沉默不语。我向来没有特别讨厌的人，无法对你的倾诉感同身受。

你不学习，我也不学习，我们一块儿摇摇晃晃地过了大半个学期。

我那个时候一直在写小说，其实我内心只觉得这是我一个人的事，却没想到会闹得满城风雨，被全班同学知道，甚至被老师知道。

说来也怪，成绩一塌糊涂的我们一点儿都不担心高考啊、未来啊这些即将到来的东西。高二的后半程，我仍在写着我的小说，你仍在打着你的游戏。

高二那年的事情，我大抵都忘了。仔细想想，高中四年里，高二仿佛是一片空白。现在说的很多事情，都是残存在脑海中的星星点点，一丝半缕。如果不是因为你，很多事情我不会去回忆。

那个时候我虽然成绩不好，在班里存在感极低，但还是很庆幸认识了一些人，其中也包括你。

高三开学后，我们都有了改变。毕竟，高三来临时，每个人都会变得紧张起来。

我重新拾起了学习，而你则选择了艺考，去校外学了美术。

我在班里的成绩慢慢往上提，与成绩好的同学阔别了两年，我又开始回归他们的队伍。但我那时整个人的感觉却是，无论成绩到了何种程度，都已经觉得自己不再属于这一行列了。内心深处，我还是把自己定位在一个差生的位置。我最熟悉的环境是班级的后几排，即使我因为成绩的提升坐到了前几排。

有段时间你住在校外专心学起了美术。时隔多日回来，胖了许多，我们都调侃你这是在外边养膘呢。你笑了，发誓要减肥，但后来体重一直没有减下来，基本维持在了那个状态。

临近高考时，我已经无暇顾及你。我的成绩还差一大截，甚至于在高考前几天收拾东西的时候我还在想，这么快就高考了？我知道自己并没有准备好，当其他同学都把书扔了或卖了时，我默默地收拾好了每一张纸，全都拉回了家。

我的成绩在意料中，我准备去复读一年。

开学后你给我打电话，半调侃半激励地说："老弟，这一年好好学啊，学长在大学等你。"

挂了电话我苦笑，你年龄比我小，却成了我的学长。

复读这一年，你偶尔会与我联系，和我说说大学的情况。期间，来看了我几次，吃饭的间隙，我不禁向你抱怨，复习的压力太大了！

你问我："能考到我那个学校吗？"

我轻笑了声说："没问题。"其实我内心也没有底气。

再一次高考结束，我给了自己决绝的勇气。撕了许多资料，卖了许多书，我知道，无论如何都要就此与高中作别。

成绩远超我的预期，竟过了重点本科线。我打电话告诉你，神气地对你说：“老弟，这下哥哥可要考虑到底要不要报你那个学校了。”

权衡之下，我还是报了另一所学校。但我们两个的学校离得并不远，几分钟的路程就能找到彼此。

上了大学后，最常联系的高中同学也只有你。

偶尔，我们还能见见面，一起吃个饭。

很多时候，你无聊了，会来找我，然后再说上句：“实在太无聊了才来找的你。”

也有很多时候，我无聊了，也会联系你。

我们不经常见面，却始终断不了联系。

你总带我去见高三的同学，也是因为你，我才能见到一些久未谋面的老同学。

我们坐在一块儿会聊过去、聊未来，对过去无限怀念的同时，似乎对未来又信心满满。你也会关心起我的第一本书，我曾和你说，大学毕业前，一定要出版自己的第一本书。现在，这个愿望就要实现了。

你没能等到我的第一本书出来就离开了，我内心满是遗憾。

你没有和任何人告别，以至许多人在知道这个消息后，还是不敢相信。

我相信，你并不想就这样远去，因为你是个有理想的少年，你还有许多梦要去实现。但当一切戛然而止时，梦想就只能停在那里，无法向前。

写这篇文章让我很痛苦，我不知道该写些什么。我之前从未想过要写一写关于你的故事，因为我总觉得属于你的故事是在未来的某个时刻。无论如何我都没有想到，我不得不在这时去回忆有关你的一切。

你曾说你要准备考研，而写这些文字的今天，就是考研的日子。当其他人坐在考场做题时，我只能坐在这里回忆你的过去。

你就这样走了，仿佛你从未来过。

你悄无声息地远去了，我甚至不是在第一时间知道的。

那个事情之前，我们还商量着准备一起吃饭。问了你多次，你只是说没有时间。我心想那没关系，我们有的是时间。然而，我们终究不能再一起吃饭了。

你走之后，又发生了许多事。其实，这一年的后半程，我过得很痛苦。事情接二连三地发生，我似乎有些招架不住。

前几天发了个朋友圈，说你走后，我连随意发表情包的人都没有了。你走之后，内心突然有个地方空了，有时还会不自觉地想给你发消息，无聊时还会想去见见你。但每当我想到你已经不在了的时候，我都无法接受这个事实。

或许此后，再没有一个人与我的关系能像我们这样了。冥冥之中，我已经把你当成很要好的朋友了。我知道我们不会再相见，但未来的日子，我与你同行。

我很想对你说，我的第一本书快要出来了，坚持了这么长时间，也终于要有一个结果了。

你的梦想，我也帮你记着，如果未来我有能力，我会帮你实现。

2016 年就要过去了，而你却永远留在了这一年。

我不知道如何面对你的远去，正如我不知道如何面对以后的日子。

我没有办法将你留在现实世界里，但我会把你带进我的文字里，让它们永远躺在书中，每次翻阅，都会想起你。

青山总会常在，绿水也会常流。未来的风景会美吗？我不敢确信。我会逐渐离你远去，而你，只能停留在这里。挥手说再见的人该是我了。但我不会就这样离你而去，未来的每一个节点，我都会回过头去望望你。

我在离你远去，也在逐渐靠近你。

直到有一天，我不再回头望你，那个时候，我想，我抬起头便会看见你。

若我再见到你，我一定会对你说：

若有来生，我们还做兄弟。

2016.12.24

后 记

沉心十年：只愿做个讲故事的人

初中一年级的时候，我写了一篇三百多字的作文，交给我的班主任（语文老师）之后，我没想到他会在课堂上，当着全班同学的面把那篇作文读了一遍。从那以后，我心底隐隐觉得，或许以后我可以当个讲故事的人。

这样的想法在心底扎根后，随着时间的游走，日渐清晰。

2017 年寒假在家收拾东西时，在桌底下的盒子里，翻到了一个有些发黄的本子。我打开来一看，才知道那是我在初中时创作的一部长篇小说的一部分。我记得这部小说从七年级写到了八年级，最后并没有写完。看着十年前自己稚嫩的笔迹，我不禁笑了起来。

我知道，那是梦开始的地方。

后来我爱上了读书，高考结束后整理书籍时才蓦然发现，我买的课外书已经满满几箱了。

高中的前两年，我几乎只做了两件事：读书和写作。

那两年的时光，全然与学习无关。

读书的同时，我也在写着人生第一部长篇小说。

但高中时的写作，并未给我带来多少成就感。因为，当我拿着那本认认真真一笔一画写成的小说四处投稿时，没有一家出版社愿意出版。

那时的我对人生感到迷茫。

两年的时间，我几乎完全放弃了学习。原本还不算差的成绩，一落千丈。我丧失了所有的优越感，而那时，高三也快来了。

父亲知道我的成绩后，没有打我，也未骂我，只是语重心长地说："不上学，你能干什么呢？"

我知道，我该学习了。

高三，我放弃了所有与文字相关的东西，一门心思放在了学习上。但几乎毫无基础的我，想要把成绩提高又谈何容易？高三一年的努力，也未能将成绩提升到之前的水平。我知道，复读在所难免。

我又上了一年。

最终，我几乎以零基础的水平，两年高三的努力，成绩达到了重点本科分数线。

说起来，倒也没有辜负任何人的期望。

可我心底，仍埋藏着关于写作的火种。我知道，完全放弃写作我无法做到。

我之所以努力学习，是为了不让父亲失望。而我之所以继续写作，是为了不让自己失望。

2014 年，我上了大学。

那一年，张嘉佳的那本《从你的全世界路过》火得一塌糊涂，我也买了两本。一本留在了身边，另一本送给了将要赴外地上学的女同学。

后来，她成了我的女朋友。

张嘉佳的书，唤醒了我的创作欲望。我想，或许我也可以用笔写下身边人的故事。

于是我开始动笔，写下了第一个故事。

2014 年 10 月 26 日，我把第一篇故事发到了微博上。原以为我也可以像张嘉佳那样一夜爆红。后来，我还是放弃了妄想。我唯一决定坚持下来的，是把写故事这件事进行到底。

我有了一个愿望：大学毕业前一定要出版一本自己的书。

最初，每一篇故事我都只在微博上发布。那时，我的微博只有几十个关注者，一半以上还都是僵尸粉。为了让关注量增多，我玩了很多招式：主动关注别人求互粉，到大 V 的微博下留言，伪装成一个写作者求关注。此外，我还玩过一段时间的微博互换，与那些情感账号互相转发原创微博。

为了关注量，我“无所不用其极”。

后来我发觉在微博上这样做不奏效，我开始转战各个平台。

我认识了一个从人人网火起来的作者，就去注册了人人网账号。

听别人说豆瓣牛人也特别多，我又下载了豆瓣。

此外，我还注册了很多阅读类的 APP①：片刻、简书、犀牛故事、每天读点故事，等等很多。

我心想，万一在哪个地方火了呢？

虽然未来还未可知，但我却不曾想过停止写作。

写作带给我的不仅仅是创作时的快感，还有与那些从未谋面过的心灵产生的共鸣。

我成了一个故事搜集者，聆听很多人以不同的方式讲述着属于他们的故事。

大多数倾诉者一开口便是感伤的语气，讲到最后往往难掩心中的悲痛放声哭泣。

有些故事感动了我，我便将它写下来，感动更多的人。

我想告诉那些倾诉者，漫漫红尘中，我们都是彼此的过客。

很长一段时间里，我成了一个情感分析师。许多人向我征询对感情的看法。他们讲述着正在经历的恋情，让我帮助他们做出抉择。

每每这时，我总觉得力不从心。

我深知，写再多的故事，我也终究只是个普通人。

---

① 智能移动设备应用程序。

我并没有能力替别人决定人生，我能做的，只是告诉他们遵从自己的内心。

自始至终，我都知道，我只是一个写作者。

前段时间，我和微博上的一个朋友聊天，那是我最初在“互粉”阶段认识的朋友。他说，这么久了，看到你还在写，我很欣慰。

我说，自从拿起笔，我就没想过放弃。

他鼓励我：加油！新书出来一定支持！

写了这么久，还是会被这些小小的鼓励感动到。

大学四年，发生了很多难以释怀的事情。

有段时间，我一度怀疑自己得了焦虑症。

我经历了疾病对健康的摧残、与朋友的阴阳相隔、家里的突发意外。一连串的打击，让我对未来感到彷徨。

无论如何，那些都已经过去了。大学这四年，一定会在我的记忆中留下深刻的印记。不是因为它带给了我多大的快乐，而是它带给了我很多失落，以至于我不知道自己将来有没有回忆的勇气。

在那些暗无天日的岁月里，能带给我希望的只有写作。

我最终走出了人生的阴霾。我知道，等待着我的不仅有未完成的梦想，还有此刻读到这些文字的你——我亲爱的读者。你们的陪伴让我怀揣着希望走到了今天。

我想到了韩寒在《光明与磊落》书稿集的《后记》中写的一段话：“一年三百六十五天，黑夜占据了一半，阴雨天占据了一些，晴天终究是少数。光明无法击败所有的黑暗，就像阳光无法照亮每一个角落。善良无法冲去所有的恶意，真诚也无法解释所有的误解。旅途中不要被坏天气牵绊了，前行吧朋友，你总会遇见心上人。”

与君共勉。

感谢一直为新书出版忙碌的陈同学，他的赏识让我有了成为作者的可能；感谢因为种种原因未能合作成的瑞娟姐和姚琛哥，他们的善良和耐心让我十分钦佩；感谢家人的期待和支持；感谢女朋友一路的鼓励和陪伴，那些看不见光的日子里，她给了我许多安慰；感谢自己的坚持。

最后，我想感谢每一个遇到这本书的你。你的存在，是我完成这本书最大的动力。

天涯未远，江湖再见。

我们，后会有期。